夏日走过山间

My First Summer
in the Sierra

［美］约翰·缪尔 著

刘颖 译

天津出版传媒集团

天津人民出版社

果麦文化　出品

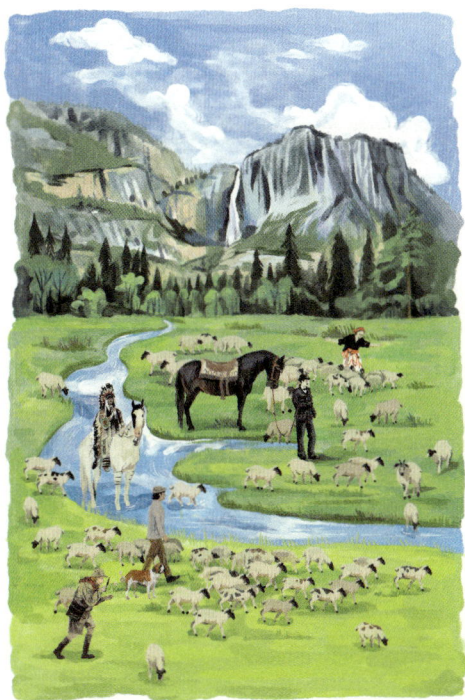

我们出发的牧场位于图奥勒米河南岸，
羊群如水漫淌过座座山峦。

1869.06.03

目
录　　Contents

我们的工作、职责和影响力等等俗务已经生出了诸多烦恼，面对云我们至少可以保持静默，就像石头上的一块地衣。

As to our own work, duty, influence, etc., concerning which so much fussy pother is made, it will not fail of its due effect, though, like a lichen on a stone, we keep silent.

第一章

赶羊过山麓

My First Summer
in the Sierra

加利福尼亚壮阔的中央谷[1]中只有两个季节——春季和夏季。春季通常伴随着每年十一月的第一场暴雨来临，此后的几个月间，繁花遍野。到了五月底，在如同烤炉般的高温烘炙下，谷中生机凋敝，植被变得干枯衰败。

　　这时，成群摊着舌头、喘着粗气的牲畜都会被赶往清凉青翠的高地度夏。我也向往着这个季节的山间，无奈囊中羞涩，实在不知道在山里靠什么果腹。我为口粮发着愁，这对流浪汉来说是个大麻烦。正当我在努力设想自己可以和野生动物一样靠草籽和野果活命，将金钱和行囊抛在脑后，快活地在山间漫游攀登时，接到了德拉尼先生的电话。几周前，我在他的牧场打过工，这次他又想雇我跟着他的牧羊人一起把羊赶去默塞德河（Merced）和图奥勒米河（Tuolumne）的上游——那正是我朝思暮想的地方。自从去年夏天领略过约塞米蒂（Yosemite）的美景后，为了进山我什么都愿意做。他的计划是在雪化后赶着羊群穿过演替林（successive forest）带，然后上行，在高处

---

1. 中央谷：Central Valley，位于美国加州中部，南北长725公里，东西宽仅64公里，与太平洋海岸走向平行。

寻找合适的地点停留几周。他向我保证可以有大把的时光做自己的研究，我也觉得放牧点会是不错的观测基地：以营地为中心，我可以把半径12~16公里范围内的动植物和岩石仔细调查一番。然而权衡过后，我承认自己实在无法胜任这份工作，只好老实交代：我对高山地形、对要过的河、对吃羊的野生动物等等事情都一无所知。简单说，在熊、土狼、河流、猎人炮筒、荆棘和令人晕头转向的丛林合围下，我唯恐他的羊群最后能活下来的不到一半。幸好德拉尼先生对我的这些短处并不在意，在他看来，最要紧的是找一个信得过的人留在营地监督牧羊人干活。他安慰我说，事情都是想起来千难万险，但事到临头总有办法；更进一步鼓励我说，放羊的事都交给牧羊人，我大可以放心去把那些花草树木和石头看个够，他自己也会先和我们走到第一个大营，并时常去上面的营地给我们送补给，照看我们的生活。就这样，我接下了这份工作，尽管看着那些傻羊一个挨一个跳过畜栏由人清点时，我心中仍在忐忑，担心这两千五百只羊将大多有去无回。

很幸运，我有一只好圣伯纳犬做伴。它的主人——一位和我有些许交情的猎人一听说我要进山度夏就赶了过来，求我带上他心爱的大狗卡洛同行。如果把它留在平原度夏，他怕这里的酷暑会要了它的命。"我相信你会对它好，"他说，"你带着它肯定也很有用。它认识山上的每一种动物，能看守营地，还能帮忙赶羊，无论做什么都能干又可靠。"卡洛知道我们在谈论它，目光不停地在我们脸上流连，看着它专注倾听的样子，我甚至怀疑它是否听得懂我们的话。我唤它的名字，问它是否想跟我走。它打量着我，目光睿智，又回头看看主人。主人向它示意，朝我挥挥手，又拍拍它和它告别后，它就安静地跟在了我的身旁，仿佛完全明白我们的安排，又仿佛早已是我的老朋友。

1869年6月3日

早上，粮食、露营水壶、毯子、植物标本夹等林林总总的行李都被打包驮上了两匹马，羊群朝着褐色的山麓而去，我们在飞扬的尘土中出发。德拉尼先生领着驮马，他高而瘦削，凌厉的侧脸活像堂·吉诃德；同行的是骄傲的牧羊人比利、一个中国人和一个将在最初几天里帮我们在山脚矮林里开路的掘土印第安人[1]，以及皮带上拴着笔记本的我。

我们出发的牧场位于图奥勒米河南岸，靠近法兰西巴[2]，可以看到富含黄金的变质板岩直插中央谷的层状矿床底部。刚走了不到一英里，几只老头羊就躁动起来，昂首跑在前头，似乎回想起去年夏天在高地牧场的快乐时光。很快，这股兴奋就传遍了整个羊群，母羊呼唤羊羔和羊羔的应答宛若人语，在这温柔深情的颤声呼应间歇，它们也不忘随时搅起一把枯草大嚼。羊群如水漫淌过座座山峦，在此起彼伏的咩咩合鸣中，母羊和羊羔辨认着彼此。一旦有疲惫的羊羔在这漫天尘土里昏昏欲睡，没能及时回应母亲，母羊就会掉头奔跑穿过羊群，回到上一次应答确认的位置，直到从上千只在我们看来长得一模一

---

1. 掘土印第安人：Digger Indian，白人移民对居住在美国中西部的俄勒冈州、爱达荷州、犹他州、亚利桑那州、内华达州以及加利福尼亚州中部印第安人的蔑称，因他们挖掘植物根茎作为食物而得名。
2. 法兰西巴：French Bar，即现在的拉格朗日 La Grange。

样，叫声也毫无二致的小羊中找到自己的孩子才能平静下来。

羊群形成了一个不规则的三角形，行进的速度大约是每小时1.6公里[1]。三角形底边长约91米[2]，高约137米。最强健的几只头羊在前端跑出蜿蜒变幻的尖；活跃分子们忙着在路边岩石和灌木的角落里寻觅草叶，构成了三角形"主体"弯弯扭扭的两边；羊羔和体力不好的老年母羊则晃荡在最后，组成羊群的"底边"。

临近正午，酷热难耐，可怜的绵羊吭哧吭哧喘着气，每路过一处树荫都想停下休息。我们也充满渴望地远眺，希望在模糊灼热的眩光尽头能看到白雪覆盖的山峰和潺潺溪流，然而一无所获。目之所及只有山麓起伏间的一片片灌木丛、乔木林和钻出地面的巨大板岩。树木以蓝栎（blue oak，学名*Quercus douglasii*）为主，大约9~12米[3]高，叶片呈浅蓝绿色，树干为白色，稀疏地植根在瘠薄的土壤中或未受山火席卷的岩石缝隙中。许多板岩突兀地刺破褐黄的草地，锐利的方形的石块上被地衣覆盖，如同野坟堆上的墓碑。除了栎树、四至五种熊果（manzanita）和美洲茶（ceanothus）以外，山麓上的植被和平原相比并没有明显差别。我在早春季节来过，那时这里就像一个迷人的景观花园，野花烂漫，鸟鸣蜂舞。可现在，灼热的天气使得万物枯焦、大地龟裂。蜥蜴在岩石间滑行，蚂蚁的数量多得惊人——气温越高，它们微小的生命火花就燃烧得越旺盛，一只只抖擞着喷薄欲出的精力

1.原著为"1英里"，约1609米、1.6公里，为便于阅读后文将直接替换为米或公里。
2.原著为"100码"，约300英尺，约91米，为便于阅读后文将直接替换为米。
3.原著为"30到40英尺"，约9~12米，为便于阅读后文将直接替换为米。

排着长队去觅食、去战斗。在如此强烈的阳光下，它们竟然没有在几秒钟之内被烤焦，实在是个奇迹。偏僻之处偶尔会有响尾蛇盘蜷，但很少见。平日里聒噪的喜鹊和乌鸦也喑哑无声，成群混杂在一起，站在阴凉的树荫下，耷拉着翅膀，张着嘴，气都喘不过来，更别提吱声了。零星几个被晒得温热的碱水坑旁，鹌鹑躲在阴处乘凉。棉尾兔在美洲茶丛的浓荫间跑来跑去，时不时还能看见长耳兔一路小跑优雅地穿过旷野。

在林间稍做午休，我们这群倒霉的家伙和牲口们继续在漫天尘土中朝着灌木丛生的山丘进发。此前一路依循的模糊山径在最关键的路段消失了，我们不得不停下来一边休整一边辨别方位。那位中国人大概觉得我们迷路了，开始操着洋泾浜英语聊起这里的"小木头"（灌木林）种类繁多，印第安人则默不作声地在连绵起伏的山脊和峡谷间寻找垭口。直至深入到荆棘遍布的丛林中，我们才发现一条通往科尔特维尔（Coulterville）的小路，沿着这条道走了一个小时，终于在日落前到达了一个能够扎营过夜的旱牧场。

带着一大群羊在山麓扎营轻松简单，但绝不是什么令人愉快的事。日落前，绵羊由牧羊人看着在周围自由觅食；其他人负责捡柴、生火、做饭、开包理铺盖、喂马。日暮时分，睡眼惺忪的绵羊被赶到旁边高岗上的开阔地去，自觉地拱在一起，等每头母羊都找到自己的孩子并喂完奶后，所有的羊都会安然趴下，一觉睡到天亮，丝毫不用我们操心。

一声"开饭"，晚餐开始。我们每人都拿一只锡盘自行从炖锅和煎盘中取食，边吃边聊养羊、矿产、土狼和熊，以及发生在传奇的淘金潮时期的种种冒险故事。印第安人待在一旁，一声不吭，从不参与，仿佛和我们不属于同一物种。吃过晚餐，也喂饱了狗，烟鬼们围坐在篝火旁吸烟，在酒足饭饱带来的满足感和烟草的安抚作用下，每个人的脸庞都圣洁起来，浮现出如同圣徒肖像般柔和深沉的光。突然间，他们仿佛从梦中惊醒，一个个或是发出一声长叹，或是低声咕哝一句，然后敲熄烟斗中的火星，打个哈欠，再冲着火苗发上片刻呆，最后说声："好吧，我去睡了。"紧接着就消失在自己的毯子底下。篝火还会再燃上一两个小时，星光很亮，时不时有浣熊、土狼和猫头鹰的鸣叫打破寂静，蟋蟀和雨蛙的欢唱一直在耳边回响，和谐而饱满的乐声仿佛月夜本体的一部分。唯一不和谐的声音只有酣眠者的呼噜和被灰尘呛到喉咙的绵羊的咳嗽。星光下，羊群就像一块灰色的大毯子。

6月4日

黎明时分，营地也醒过来了。早餐是咖啡、培根和豆子，吃过后我们迅速清洗餐具、收拾行囊。日出时，羊群已经咩咩声一片。母羊刚站起来，小羊羔就蹦跳着跑过来，用头撞着母亲要奶喝。等到上千只小羊吸饱奶，羊群逐渐散开来吃草。躁动的阉羊胃口最大，带头跑了出去，还好它们不敢离大部队太远。比利、印第安人和中国人把羊往艰险沉闷的山路上赶，每走差不多四五百米就停下，找一处开阔地让它们随意找草吃。然而，在我们之前已经过去了好几支羊队，不管绿叶还是枯草都所剩无几。饥饿的羊群只有赶紧翻过这片荒凉炎热的山梁，赶到约三五十公里外的青草牧场去才能饱餐。

堂·吉诃德领着驮马，肩扛一把沉重的步枪——那是用来对付熊和狼群的。又是酷热难挨、风尘仆仆的一天。平缓的褐色山坡上植被大同小异，只有形状奇特的鬼松（sabine pine，学名 *Pinus sabiniana*；原产加利福尼亚）令人眼前一亮。这些松树有些小片聚集成林，有些零星生长在蓝栎林间。这种树在树干约4.5~6米处分成两根或更多树杈，或斜伸或近乎直立，枝条多而疏朗，细长的针叶呈灰色，阳光下几乎没什么树荫。鬼松的外表看起来更像棕榈树而不是松树，球果长度约15~18厘米[1]，直径约13厘米，很重，坠地后还能长时间保存，因此树下铺了满满一层。它的球果富含油脂，能烧出明亮的篝火，华丽程度在我的见识中仅次于玉米穗的火焰。据堂·吉诃德说，掘土印第安人喜欢大量采集鬼松的松子作为食物，它们和榛子差不多大小，外壳也同样坚硬，果仁可以吃，果壳可以当燃料，真是天赐恩物。

6月5日

上午，赶着羊走了几个小时后，我们终于攀上了皮诺布兰科峰（Pino Blanco）侧翼——此行的第一级标志性高台。鬼松让我着迷，它们风姿疏朗，又有着棕榈树般的奇特形态，我很想好好为它们画些素描，却因为太过心潮澎湃导致成果寥寥。不管怎样，我还是想办法多停留了一会儿，画了张差强人意的速写，描绘的是从皮诺布兰科峰西南侧眺望的风光，那边有一小片农田和葡萄园，还有一弯溪水灌溉着田野；溪流从路旁的峡谷中奔流而下，沿山势跌落形成了一处漂亮的瀑布。

---

1. 原著为六七英寸，约15~18厘米，为便于阅读后文将直接替换为厘米。

SABINE PINE 鬼松

—

Pinus sabiniana

登上第一级平台顶峰，海拔不过提高300米左右，就足以让人神清气爽。登高远望，默塞德谷（Merced Valley）中被称为马蹄湾（Horse shoe Bend）的壮丽河谷映入眼帘，恢宏的荒野中仿佛有千万种美妙的声音在召唤，让人对前路顿生向往。近处奔涌而下的山坡线条遒劲，稀疏地散布着松树林和熊果灌丛，阳光在空余处的裸露地表欢快跳跃；远处优美的山峦层层叠叠，山脊向上隐入远处的茫茫群山。这一片山体处处是茂密的植被，大部分为柏枝梅[1]，它们生长得密密麻麻、均匀平整，其间没有任何杂树或赤裸的空隙，远远看去像是一层柔软丰厚的绒毯。目力所及之处是一片波澜起伏的绿色海洋，均匀齐整，绵延不断，恍如被苏格兰欧石南灌丛覆盖的山地。

　　眼前景物不仅有丰富迷人的细节，轮廓线也同样引人注目。群山拱峙，波光闪闪的河流穿行其间，将每一层山体都雕琢得平滑优美，不留一角嶙峋，这些变质板岩构成的沟壑和脊线精致得仿佛经过砂纸打磨。这里无处不显露着造物者的精心，如同人类最伟大的雕塑作品。自然之美的震撼力令人赞叹！我眺望着这画卷，心中充满敬畏，觉得自己甘愿为它放弃一切。我满心欢愉，愿意穷尽毕生之力去探寻造就这些形貌、岩石、植物、动物，以及神奇气候的力量。俯瞰、仰望，这里的每一个角度都美得不可思议，既是已完成的杰作，又永远都在雕琢中。我看不够，向往不够，赞颂不够，直到尘土裹卷的羊群和驮马都消失在视线中，才匆忙写下笔记、画了幅速写，但其实这些都是多余，这圣境的种种色彩、线条和风情都已经烙印在我心中，永

---

1. 柏枝梅（adenostoma），蔷薇科灌木，包含*Adenostoma fasciculatum*和*Adenostoma sparsifolium*两种相近植物，前者为加州和内华达山区的代表植被——柏枝梅。

难忘怀。

　　这一天连夜晚也仿佛被施了魔法，凉爽、宁静、万里无云，四周泛着一种我从未见过的光——一团团亮着白光的雾气降临在树林和灌木丛间，这种被称作"野火"的现象更类似于威斯康星草原上高速振翅的萤火虫群。马尾毛飞散，我们的毯子间闪起火花，可见空中的电荷含量之高。

6月6日

　　越过一重重波澜起伏的丘陵地带，我们终于抵达这片山脉的第二级平台，或者说是山地高原的地方。我们身边的植被也出现相应变化，在开阔的地方还能看到许多低地植物群以及蝶百合（Mariposa tulips，学名*Calochortus cupido*）和百合家族的其他重要成员，但山麓的代表性树种蓝栎已经不见了，取而代之的是树形更大更漂亮的加州黑栎（学名*Quercus californica*）。它的叶形深裂，落叶，树干分枝优美，树冠宽阔浓密，枝繁叶茂，形状规整。在海拔大约762米的位置，我们抵达了一大片针叶林的边缘，林中大部分都是西黄松（yellow pine），也有少量糖松（sugar pine，学名*Pinus lambertiana*）。这时，我们已置身于群山深处，群山也融入我们的躯体，点燃我们心中的激情，抖擞我们疲倦低迷的精神，让大山的气息充实我们的每个毛孔和细胞。面对身外之美，我们的血肉之躯变得像玻璃一样透明，仿佛真真切切已和外界融为一体，沐浴在翻滚的阳光下，和空气、树木、溪流、岩石一同生机勃发——我们变为自然的一部分，没有青春，也无苍老；无所谓健康，也无所谓病痛；唯余不朽与永恒。此时此刻，我的身体对大地和天空的渴求更甚于食物和呼吸。这蜕变来得完全彻底，美妙无比，根本无法用往昔身心被肉体束缚奴役时得来的经验解释！在这全新的生命里，我们仿佛得到了永恒。

站在松林间的一片空旷草地上，我望见几座雪峰，那是约塞米蒂高处默塞德河的源头。它们离我那么近，轮廓在蓝天的衬托下格外清晰，山体的内部似乎充溢着空气，或者说它们就像是融化在了蓝天里。雪山的召唤令人难以抗拒，我有机会去那里吗？我日日夜夜都要为此祈祷，却也知道希望渺茫。会有贤者去到那里，只有他们才有资格完成这项神圣使命。但只要有一丝可能，我都会游荡在这些我深爱的山峰间，在圣洁的荒野中当一名最卑微的奴仆。

在科尔特维尔附近一片浓密的柏枝梅丛下，我找到了一株漂亮的仙灯百合（*Calochortus albus*），它的旁边还生长着智利铁线蕨（*Adiantum chilense*）。仙灯百合的花瓣呈白色，内侧基部轻染淡紫，令人惊艳。它无瑕如冰晶，好比植物中受万众爱戴的圣人，每一次目睹，都更觉纯净。它能让最粗野的登山者变得斯文有礼。即使除了这一朵花别无他物，天地间也会因它的存在而显得更加丰富充实。有这样一位植物圣人在路旁布道，实在是叫人不舍得离开它去追随自己的队伍。

下午时分，我们经过一片丰茂的草场。草场四周是高大的松树，大多是笔直的西黄松，也有几株伟岸的糖松夹杂其间。糖松的羽状枝干冲出丛林冠盖，恣意伸展，与周围其他树种形成了鲜明的对比，非常壮观。它的球果长约38~50厘米，吊在梢头像流苏一般飘摇晃荡，看着分外漂亮。我在格里利工场（Greeley Mill）见过这种松树的原

FAIRY LANTERN 仙灯百合

calochortus albus

木，浑圆整齐得像用车床加工过，整根只在基部有一些连接树根的凸起。它香甜的树液美味可口，把厂房和贮木场熏得一片芳香。树荫之下，纤细的松针和硕大的球果铺成了美丽的厚垫，裸露在地面的树根旁堆积着松果鳞片、翅果和果壳，那儿是松鼠们的美食天堂。松鼠按球果螺旋状的排列顺序从底部往上剥鳞片，每个鳞片底部有两粒松子，一个球果就有一两百颗，足够饱餐一顿了。享受西黄松和大部分其他种属松树的松子时，道氏红松鼠（Douglas squirrel）的办法是将松果底部朝上放在地上，然后缓缓转圈直至开裂，大约是出于安全考虑，它们进食时通常都背靠着树干。奇怪的是，它们从来不会让树胶弄脏身体，爪子和胡须也能保持整洁，就连吃剩下的果壳堆都干干净净，色泽漂亮。

我们向着云海和清凉的溪流进发。正午前后，约塞米蒂地区上方升起了壮观的积云，像是汩汩山泉振奋了苍茫的荒野；又像直抵云霄的山岳间流淌下珍珠色的溪流冲刷着雪峰和山谷，清凉的云层和雨水让我们神清气爽。天上的画卷比山岩垒砌的群峰更加变幻多端，形态精巧。云朵堆成一个个穹顶和尖峰，上升，然后舒展，洁白得像质地上佳的大理石，轮廓也坚实清晰，仿佛最杰出的人类建筑。即使稍纵即逝，每一片雨云也会留下它的印记，它们不仅赋予花草树木生机，为溪流湖泊补充水量，还始终在雕琢打磨着岩石，无论我们是否知晓。

之前路过马蹄湾时，我就研究过那些奇特而且占据优势地位的柏枝梅（*Adenostoma fascivulata*）。科尔特维尔附近第二级平台下的山坡上大量生长着这种植物，从远处看黑压压一片，稠密得几乎无法通行。这是一种蔷薇科植物，大约1.8~2.4米高，总状花序约20~30厘米长，

ADENOSTOM 柏枝梅

Adenostoma
fasciculatum

针状叶，红色树皮老化后会变得斑驳。它生长在光照充足的坡地，经常和野草一样遭受山火席卷，但很快又能从根部发芽恢复生长。然而，任何生长在它们中间的其他乔木都无法逃避被山火摧毁的命运，这恐怕就是柏枝梅最终能形成毫无混杂、连续宽阔的生长带的秘密。它们旁边还长有熊果林，它们同样适应了这样的自然灾害，具备浴火重生的能力。此外，矮林中还可以找到一些酒神菊属（baccharis）、麻菀属（linosyris）和百合科（liliaceous）植物，后者大部分都是球根入土较深的蝶百合（calochortus）或紫灯韭（brodia，又称帝王花，学名*Brodiaea califorinica*）。茂密厚实的灌木丛也是众多鸟类和那些"小小的、光滑溜的小兽"[1]的家园，灌木带外缘的空地和山径为从高山草场下来躲避严冬风暴的鹿提供了庇护和食物。柏枝梅实在是一种值得赞美的植物，它现在正处花期，我很想摘下一枝清香四溢的总状花序插在自己的纽扣眼中。

　　加州杜鹃（*Azalea occidentalis*）也是一种迷人的灌木，在约塞米蒂地区，它们生长在冰凉的溪流旁和更高的山上。傍晚，我们在格里利工场以上几英里的地方扎营，我在那里见到了盛开中的杜鹃——它与高山杜鹃类（*Rhododendrons*）植物有着密切关系，花朵艳丽芬芳。杜鹃花能赢得每个人的喜爱不仅仅是因为自身姿容出众，也因为它的周围时常环绕着拥有成荫的赤杨、柳树和长着蕨类植物的草甸以及欢畅的流水。

---

1. 小小的、光滑溜的小兽，原文为wee, sleekit, cow'rin', tim'rous beasties, 出自Robert Burns的诗歌*To a Mouse*的首句。

我今天遇到一种新的针叶树——北美翠柏（incense cedar，学名 *Libocedrus decurrens*），这种柏树身形高大，带着暖意的黄绿色叶子和北美香柏（arborvit，学名 *Thuja occidentalis*）一样呈扁羽状，树干呈黄棕色。长成后的树干上没有枝丫，在阳光的照耀下宛如一根根矗立在林间的柱子，气势非凡，完全不亚于有着王者风范的糖松和西黄松。我特别喜欢这种树，它致密坚实的材质和小小的鳞片状叶子都散发着清香，扁平的羽状叶片可以铺成舒适的床垫，用来挡雨一定也不错。暴风雨来临时，如果能躲在这样一棵高贵、舒适又迷人的老树下，一定很幸福——它们斜倾的宽阔枝条就像一顶帐篷；用它的枯枝燃起篝火，清淡的香气随着火焰飘散；此外，它们还会在头顶高唱狂风的乐章。可今夜无风无雨，我们的驻扎地也不过是个牧羊营地。我们位于靠近默塞德河的北岔口，晚风在讲述高山上的故事，描绘着那里的冰泉和花园、森林和树丛，就连那里的地形也通过音调一一道来。低地的尘霾已经被我们踩在脚下，这里的星辰就像夜空中绽放的不败百合，分外璀璨。清晰可见的地平线上宝塔形的松树排列成墙，棵棵相连，绵延不绝。那一定是某种符号吧，是神用阳光书写出的象形文字。我何时才能读懂它们！溪流穿过蕨叶、百合和赤杨流过营地，奏出灵动悦耳的乐曲，可天际成排矗立的松林却是更打动人心的美妙韵律。一切都如圣境般美丽。我可以只靠面包和水在这里待到永远，完全不觉得孤独；尽管山路逶迤、层峦叠嶂，但随着我对万物的爱越发深厚，我与亲朋睦邻的内心似乎也越发贴近。

6月7日

昨晚羊群病了，很多羊到现在都没有好转，一直在咳嗽、呻吟，看着特别可怜，让人心疼，肯定无法继续赶路。一定是因为吃了那些该死的杜鹃花叶子，反正牧羊人和堂·吉诃德都这么说。这些羊离开平原后一路都没吃到几口草，被饿坏了，见到任何绿色的东西都会去啃。羊倌们管杜鹃花叫"羊毒草"[1]，并且质疑造物主创造这种植物到底是出于什么目的——它能重创绵羊养殖业，但在我们读过的那些描述优胜劣汰时期的文字中，却又提到它实际上起到了物种优化作用。加利福尼亚的绵羊养殖户们一心想发财，通常也都能如愿以偿。这里的牧草不用花钱，气候绝佳，冬季不需要储备粮食，连羊棚或是封闭羊圈都不需要，花费不多就可以繁殖出一大群羊，再换成一大笔钱，然后再投入成倍的资金……这样的循环据说每两年就能重复一次。财富来得太快，贪心也越发旺盛。紧接着，这些可怜的家伙就只能眼睁睁地看着羊毛的价格跌到谷底，一切期待都化为泡影。

牧羊人的境遇要更糟糕，那些孤身在小屋里过冬的便是如此。虽然他们偶尔也会做个白日梦，幻想有朝一日能拥有自己的羊群，变得和老板一样阔气，但大部分情况下，他们受制于自己的谋生手段，少有真正成为牧场主的人。这是他们的不幸，但因此避过羊毛价格狂泻造成的打击，又是一种幸运。牧羊人潦倒的原因不难想象：他们一年到头离群索居，过着普通人难以忍受的孤独生活。他们的工作鲜少需要动脑子，也不大会用阅读打发时光。每天夜里，牧羊人走进自己昏

---

1. 羊毒草：在中国亦称黄花杜鹃为羊踯躅或闹羊花。

暗脏乱的小屋，疲惫不堪，脑中空空，天地间没有什么能用于平衡调剂他们的生活。他们百无聊赖地跟在羊群后面晃了一天，是时候填饱肚子了，可晚餐通常都是草草应付，找到什么就吃什么。没有面包，就拿起没洗过的煎锅，摊几块脏兮兮的饼，煮一点茶，或许再煎两条已经变成赤褐色的培根。小屋里一般都存有干桃子或干苹果，但他们不愿费力气去做，咽下培根和面饼后，就靠烟草美妙的麻醉作用消磨长夜。等到该上床了，常常连白天的衣服都懒得脱就睡了。这样的生活自然会危害健康，影响心智，日复一日，月复一月，与世隔绝，迟早不是半疯就是彻底癫狂。

在苏格兰，牧羊人很少会去另谋营生。大概因为是游牧民族的后代吧，和身旁的牧羊犬一样，他们的骨血里烙印着对放牧的热爱和天赋。他们照管的羊群规模小，而且生活在家人和邻居中，晴好的日子里有时间翻翻书，还经常带上书去放牧，在牧场上与历史中的国王们对话。我也读到过，东方的牧羊人放牧时都会叫羊的名字，羊也认识他的声音，听到呼唤就会跟着他走。他们的羊群想来也不大，容易看顾，所以才让他们有心情在山上吹笛子，有闲暇阅读、思考。然而，不论其他时代和别的地方的牧羊文化多么诗情画意，就我的所见所闻，加利福尼亚牧羊人的神志很少能保持清醒。大自然有万籁，他却只听得到咩咩叫的那一种。就算有幸听到了土狼的嗥叫和嘶声，他们满脑子想的也只有羊肉和羊毛，其他的对他们毫无意义。

生病的羊逐渐好起来，牧羊人头头是道地谈起高山牧场上各种可能危及羊群的毒物：杜鹃花、山月桂（Kalmia）和碱。跨过默塞德河北岔，我们左转朝派勒特峰（Pilot Peak）前进，在一段乱石遍布、灌木丛生的山脊上攀登相当长一段距离后，终于到达了布朗平原（Brown's Flat）。自我们离开平原后，羊群在这里第一次吃上了丰盛的青草。德拉尼先生打算在附近找一处长期营地，在此地逗留几周。

正午前，我们穿过了鲍尔洞（Bower Cave）。那儿就像一座好玩的大理石殿堂，既不阴暗，也不潮湿，从南面宽敞的洞口洒进阳光，把里面照得十分明亮。洞里有个清澈美丽的深潭，青苔遍布的岸边有俄勒冈槭（broad-leaved maple）环绕。这一切都出现在地面以下，就连在大部分地区都洞穴密布的肯塔基州我都没见过这样的景观。这处地下奇景位于一条据说从南到北贯穿整个山系的大理石带上。这条带上还有许多洞穴，但据我所知没有一个像它这样，既拥有外界的光照和植被，又拥有晶莹剔透的地下世界。一个法国人最早宣称了所有权，他修了栅栏，上了锁，在潭中放上小船，在青苔岸上的槭树下摆放好座椅，然后向每位游人收取一美元门票。由于正处一条通往约塞米蒂谷的路线上，夏日旅游季有不少游人前来，他们将这里看作是约塞米蒂奇观周边有意思的附加景点。

大西洋毒栎（poison oak，学名*Rhus diversiloba*）既能长成灌木丛，也能在树和岩石上攀援，从山麓地区到海拔至少900米的范围内都很常见。它会引起皮肤和眼睛发炎，让大多数旅人讨厌，可它和周边的植物搭配起来又那么协调融洽，为许多美丽的鲜花提供了支撑和荫蔽。我发现，稀有的红蛇韭[1]常常无畏地攀附在毒栎枝条上，两种植物友好相处。绵羊吃了毒栎也没有明显的中毒迹象；马和其他一些动

1.红蛇韭 twining lily，又称twining snake lily，学名*Stropholirion californicum*。

物虽然不太喜欢，但吃了同样没什么问题；不少吃过它的人也一样无恙。和许多对人类没有明显用处的事物一样，它们不讨喜，人们总爱没完没了地质疑："上帝为什么要创造它？"却不明白，它们可以只为自己而生。

布朗平原是一处丰沃的浅谷，位于分隔开默塞德河北岔和布尔溪（Bull Creek）的山峰顶部，无论朝哪个方向都可以看到壮丽的风景。探险家先驱大卫·布朗（David Brown）就长年以此为基地，边淘金边猎熊。对形单影只的猎人来说，这里是最适合不过的隐居地了。他们在丛林中冒险，在岩石里淘金，强健与豪情在空气中挥洒，无论什么天气，天空的色彩和云朵变幻总能令人心潮澎湃。和大多数探险先驱一样，老大卫也是个极其现实与逐利的人，但与众不同的是，他热爱自然景观。与他相当熟悉的德拉尼先生告诉我，布朗最喜欢的就是攀上巍峨高耸的顶峰，将莽莽森林、白雪覆盖的山峰、河流的源头尽收眼底，然后将视线停留在峡谷和沟壑间，根据小屋上升起的炊烟和篝火、斧凿的声响等种种迹象，分辨那些矿址还在开工，哪些已经被废弃；枪声响起，他能猜出开枪者到底是印第安人还是侵入他广阔领地的偷猎者。不管走到哪儿，他都带着自己的狗桑迪，这个毛茸茸的登山家对自己的主人以及主人的狩猎目标有着深入了解和热爱。猎鹿时，它无所事事，只是跟在主人后面慢慢在林中穿行，轻手轻脚避免踩断枯枝，然后藏身在茂密的灌木丛中仔细观察面前的空旷地，因为猎物们喜欢在清晨和傍晚前来觅食；每到一个新的眺望点，它都会谨慎地观察周边环境，然后一路沿着青草葱茏的溪岸搜寻。等到猎熊的时候，小桑迪就能大展身手了，而让布朗远近闻名的也正是猎熊。德拉尼先生时常在他的小屋里借宿，听过很多故事。据说他的猎熊方式很简单，只要带上狗、步枪和几磅面粉，悄声在熊最喜爱的活动区域内慢慢走动，一发现新留下的踪迹就穷追不舍，不管花费多少时间。熊走到哪儿，他就跟到哪儿。小桑迪在前面带路，它嗅觉敏锐，再崎岖的路面也绝不会跟丢。每攀上一处空旷地，他们都会将熊最有可能出没的区域仔细搜寻一遍。熊出没的地点根据季节的推移各不相同——春季和初夏，它们要么在溪水旁的空地和土壤柔软的地方享用青草、苜蓿和羽扇豆（lupines，又名鲁冰花），要么在干爽的草地上大吃草莓；到了夏末，它们转移到干旱的山脊，一屁股坐在地上，用爪子拉下硕果累累的枝条，尽情饱餐熊果（manzanita berries），吃熊果时，它们将两只前爪抱在一起就可以捋下满满一口，浑然不觉里面会混杂不少树叶和细枝条；盛夏季节，它们会躲在松树下啃食松鼠们吃剩的松果，或是爬到树上去咬断或直接把结满松果的树枝折下来；等到晚秋，橡子熟了，风景如画的峡谷平原上的加州黑栎树林就成了大熊们最热爱的觅食地。精明的猎人总能找到熊，但熊也鲜少毫无防备。当灼热的气息显示危险临近，它们先是长时间地停顿，然后漫不经心地扫视身周的地势和植被，试图发现是哪个邋里邋遢的流浪汉胆敢来打扰，至少也要找出他最有可能的藏身之地。

　　布朗告诉德拉尼先生："无论如何，只要能在熊看到我之前发现它，干掉它绝对没问题。我只要研究地面的浮土，然后往它的下风口走，不管走多远，发现它后在距离几百米的地方停下来，找一棵我能轻松爬上去，但承受不住熊的体重的树，待在那儿。接下来检查步枪，脱掉靴子——方便在必要的时候爬树，然后就等着熊转身，直到可以把它看清楚，开枪就十拿九稳了，至少也能打个差不离。万一它有过来搏斗的意思，我就爬到树上它够不着的地方躲着。不过熊动作慢，眼睛又不好，况且我的位置在下风口，它闻不到我的气味，等到它看到枪口冒出的烟之前，我再补上一枪。熊受伤后通常会跑到树丛里躲起来，我就先让它跑上一阵子再去追，到那时桑迪差不多就可以去给它收尸了。如果它还没断气，桑迪会叫，吸引它的注意力，有时还会冲进树丛咬两口，转移熊的目标，让我能赶到安全的距离一枪结果了它。没错，只要方法对头，猎熊很安全，不过和其他营生一样也会出些意外，好几次我和小狗差点送命。一般来说，熊会避开人，但如果是一头又老又瘦、饿着肚子、还带着小熊的母亲，如果有人闯入它的地盘，根据我的经验，它会上去把人逮到吃掉。不管怎样，这是公平的游戏，我们也吃它们。不过在这一带，我还没听说过有谁被熊吃了。"

　　在我们到达前，布朗离开他的山间家园出门去了，不过有不少掘土印第安人还住在搭在平台边缘的杉树皮小屋里。白人猎手初来乍到就引起了他们的瞩目，继而赢得了他们的尊重。他们将布朗视作带领他们对抗帕乌特人（Pah Utes）的领袖和庇护者，那些人时常会从东边越过山脉发起袭击，掠夺相对弱小的掘土部落，抢走他们的物资和妻子。

第二章

In Camp
on the North Fork
of the Merced

默塞德河北岔口营地

6月8日

绵羊们吃饱青草，重又变得温顺听话，一路啃着草，慢悠悠向下走进了派勒峰下默塞德河北岔口的峡谷，朝着堂·吉诃德选定的第一个大本营而去。那是河流转弯处一个由几面山坡汇聚而形成的漏斗形山谷，风景如画。我们在河岸的树林里支起储放餐具和补给的架子，用蕨叶、翠柏叶片铺成床垫，每个人还依照自己的喜好在床上摆放了各种鲜花，最后在开阔地的尽头为羊群搭建起畜栏。

6月9日

昨晚我们置身于群山中心睡得太沉了，在苍木星辰下，还有瀑布的轰鸣和万千舒缓的甜蜜低语交织在耳边催眠。这是我们真正过上山居生活的第一天，温暖、平静、晴空无云，天地多么广袤无垠，多么安详而野性！我几乎想不起来这一天是如何开始的。春天沿着河、越过山，在大地上、在天空下，欢欣鼓舞地创造新的生命、新的美，铺排出一片欣欣向荣，锦绣灿烂——雏鸟藏在巢中，新羽展翅翱翔，处处都有嫩叶舒展，娇花绽放，一切都流淌着光，散发着喜悦的气息。

营地附近的树长得很密，为蕨类和百合提供了充分的荫蔽。河岸边的土地上，充裕的阳光则唤醒了青草和野花，使得遍野缤纷灿烂，长长的雀麦（bromus）摇曳如竹，狼薄荷（monardella）、蝶百合、羽扇豆、吉莉草（gilia）、堇菜都是快乐的光之子，它们星罗棋布，花团锦簇。过不了多久，每一片蕨叶都会打开，蕨菜[1]（common pteris）和狗脊蕨（woodwardia）会在河畔铺成厚垫，而峭壁蕨（pellaea）和旱米蕨（cheilanthes）则在阳光照耀的岩石上长得仿佛精美的花环和花束。有些狗脊蕨叶片现在已经长到近2米高了。

糖松林下，漂亮的蒿叶梅（*Chamoebatia foliolosa*）长成黄绿色的地被，绵延数公里不绝，没有其他植物混杂其中或是打断林带，只有零星可见华盛顿百合（Washington lily，学名*Lilium washingtonianum*）从平坦的表面探出头来，或是几簇长长的雀麦妆点其间。这片美丽的灌木地被差不多出现在海拔760米~900米以上，高度不及膝，枝条棕色，最粗的茎干直径也仅有大约1.3厘米。它们浅黄绿色的三回羽状复叶形状精致，外观酷似繁茂的蕨叶，叶片上散布的微小腺体分泌出的芳香蜡质和松树的辛香融合起来非常美妙。花朵白色，直径大约13厘米，形状近似草莓花。看到这一小片灌木丛让我很兴奋，它是这片山区中绝无仅有的真正的匍匐灌木丛。熊果、美洲茶和大部分美洲茶属植物都只能长成蓬乱的厚毯或边界树篱，而不是这样齐整柔细的地被。

绵羊对它们的新牧场并不适应，也许是因为群山环绕的环境过于幽闭，使得它们没法完全放松。昨晚它们受到了惊吓，可能有熊或土

---

1. 这里的"蕨"特指拉丁名为*Pteridium aquilinum*的种。

Mountain Misery *or* Bearclover 蒿叶梅

chamoebatia foliolosa

狼在附近逡巡，想要从这一大堆羊肉中分一杯羹。

6月10日

天气非常热。我们的用水取自一个小瀑布下面的石潭，这儿风景如画，潭水被瀑布激荡翻搅，水流活泼又不会产生污脏的泡沫。这里的岩石是黑色变质板岩，水流经过的岩块被冲出一个个光滑的凸点，灰白相间的瀑布水流泻落、掠过、激起花边般的层层浪涌，然后汇成褶曲的水流，和黑色岩石形成鲜明的对照。凸出的岩石上，一簇簇莎草（sedge）刺破水流，意趣横生。它们细长而有弹性的叶子划出优美的弧线垂向四面，最长的几条叶尖浸入水中，在被凸岩割开的水流上划出更为细致的线条，在莎草的映衬下，欢畅的流水显得美极了！妙处还不尽于此，有些圆滑的岩岛上还生长着雨伞草（darmera peltata），它们牢牢扎根在石头上，伸展着小伞一般的宽圆叶片，有的长成艳丽的一丛，有的则遮盖在莎草之上。这种雨伞草开紫色的花，有高挑的总状花序，先开花后长叶，肥壮的肉质根紧紧扎在岩石的裂缝和空洞中，使得植株能经受住时常发生的洪水冲击。在这条冰凉清澈的小河最有意境的一段，大自然选择了如此耀眼的一个物种来妆点，真是锦上添花。营地附近的树弯弯地盖在河面上，从此岸到彼岸构筑出一条绿荫隧道。柔和的日光筛下来，青春的河流在这条隧道中唱着歌，闪着光，如同一个欢快的生灵。

高山上传来几声雷鸣，松林背后升起洁白厚重的积雨云，时值正午。

DARMERA PELTATA 雨伞草

6月11日

在河流东侧的一条支流上发现了几处漂亮的小瀑布，每个瀑布下都有一个水潭。白水冲泻而下，凸出的岩礁上灌木和薹草（carex）丛横斜的身姿给画面点睛，显得优雅而写意。潭边肥沃的土壤上，一丛丛硕大的橙色百合花开得十分绚丽。

营地附近没有大片的草地或草原，无法为我们这几千头终日大嚼的羊提供持久的牧草。羊群口粮的主要来源是山上的美洲茶林和零散的草坪，以及向阳处野花丛中的羽扇豆和山黧豆。面积稍大的草地大部分已被啃秃，剩下的也差不多了，饥饿的绵羊只能跑到更远处觅食，牧羊人和牧羊犬也得拼命跑才能把它们赶成一群。德拉尼先生已经回平原去了，还带走了印第安人和中国人，只吩咐我们让羊群就留在这一带等他回来，他不会耽搁太久。

天气太好了！天堂也不过如此。山风那么轻柔，这些静谧轻缓的气流简直不该被叫作风，它们更像是大自然的呼吸，在所有生灵耳旁轻声抚慰。营地所在的小树林里连树梢都纹丝不动，大部分时候即便是叶片也静悄悄的，就连那些梗茎修长，哪怕是一缕微风也能随时感知的百合花也没有一朵在摇曳。这些百合的花冠华丽至极，有些大得能当孩童的帽子。我给它们画了几张素描，描绘它每一片宽大光亮的轮生叶片和优雅卷曲、斑点缀饰的花瓣让人沉浸在快乐中。没有比这更美更整齐的花园了。这种叫豹斑百合（*Lilium pardalinum*）的花高约1.5~1.8米，叶轮直径约0.3米，花冠直径约15厘米宽，亮橙色，花喉部有紫色斑点，花瓣外翻，真是一种高雅华贵的植物。

LEOPARD LILY *or* PANTHER LILY 豹斑百合

Lilium pardalinum

032

6月12日

一场疏雨，大颗的雨滴稀稀落落重重拍打在叶片上、岩石上和花芯中。积雨云向着东边绵延，那些珍珠般的云朵美极了，与下面挺拔的山岩相得益彰。它们是天上的群山，结实而细致，地形千姿百态，轮廓分明。我从没见过形态和质地都如此坚实的云。几乎每天午时到来前都可以看见云朵快速胀大，仿佛在创造一个新世界。它们在花园和森林之上温柔留恋，为它们提供阴凉和雨水，让每一枚叶片和花瓣都欢欣健壮。我们不妨把云朵也看作植物，它们沐浴着最纯净的阳光在天空的旷野上生长，每一刻都比上一刻更趋于完美，直到最后完全绽放。雨滴和冰雹就像它们的浆果和种子，在倾泻过后逐渐凋谢和枯萎。

从营地往上约300米或更高一些的范围内生长着大量金杯栎（gold-cup oak，又名Canyon live oak，学名*Quercus chrysolepis*），无论是外观、叶片、树干和蔓延的分枝等特性，还是它坚实、多瘤、难以砍伐的木质都和佛罗里达州的金杯栎很相似。每一棵金杯栎都拥有足够的生长空间，最大一棵靠近地面的树干直径可达2~2.4米，高约18米，冠幅也大约与此相当甚至更宽些。树叶小而无裂，绝大部分没有齿状或波状边缘，只有部分新叶具有尖锐的锯齿，在一棵树上可以同时找到这两种形态的叶子。它的橡子中等大小，杯托较浅，壁厚，上面有一层细小的金色茸毛。有些金杯栎几乎没有主干，从地面开始就分成间隔相当大的分枝，然后不断分叉，一直分到末端，延伸为长长的绳索状细枝垂垂挂着，许多几乎垂到了地面。树上部茂密的半圆形树冠由短小而闪亮的枝叶形成，阳光洒下来，看着像一朵积云。

LIVE OAK 金杯栎

Quercus chrysolepis

营地附近炎热的山坡上生长着一种耀眼的植物——罂粟木（bush poppy，学名*Dendromecon rigida*），它是我徒步生涯中见过的唯一一种罂粟科的木本植物。这种罂粟木的花朵是明亮的橘黄色，直径约2.5~5厘米，细长弯曲的荚果约7.6~10厘米长。整株灌木高约1.2米，从根部发出茂密的枝条，又细又直，通常和熊果以及其他喜阳的灌木植物比邻而生。

6月13日

又是山间岁月里美好的一天，人在其中仿佛被消解、被吸收，只剩下脉搏仍在向着未知的远方推进。生命无增无减，我们不再去留意时间，不再匆匆忙忙，宛如树木和星辰。这是真正的自由，是可实现的不朽。橙黄的太阳再一次在白色天幕上升起，西黄松锐利的尖顶和糖松棕榈般的树冠无比清晰地映在平滑的白色穹顶上。听！惊雷在轰隆翻滚，层层碾过连绵的山脊，滂沱大雨如约而至。

在我们所处的海拔位置，许多平原上也有的草本植物正在开花，花期比山下晚了两个月。今天见到了几株耧斗菜（columbines）。适逢大部分蕨类植物最美的时候——旱米蕨、峭壁蕨、红毛裸蕨（gymnogramme）等岩石间的蕨类长在向阳的山坡上；狗脊蕨、耳蕨（aspidium）、岩蕨（woodsia）蔓延在河岸旁；普通的蕨菜（学名*Pteridium aquilinum*）则植根在沙滩上。蕨菜很常见，但在这里长得格外健壮、繁茂、生机勃勃，植物学家见到它们一定会欣喜若狂。我丈量过几株刚刚长成的，高度已经超过2米。凤尾蕨是蕨类植物中分布最广、最常见的一种，但眼前所见却让我怀疑之前是否从未与它谋过面。它们底部阔大的叶片在光滑而粗壮的茎干上招展，彼此靠近，交错重叠，搭成密实的顶篷，几英亩范围内，人在下面昂首挺胸走来走去都不会露踪迹，仿佛走在屋顶下。从这个有生命的顶篷滤过的光线柔和宜人，弯成拱形的叶梗和叶脉在透光下显得格外分明，像是一个个小窗格，中间则精巧地镶嵌着无数嫩绿、嫩黄的彩玻璃——这是最普通的蕨类植物，却营造出了一个仙境。

蕨叶间，小动物们如同穿梭在热带丛林中。我亲眼看着一整群羊在一片蕨丛旁消失，然后在几百米开外的蕨丛的那一头钻出来，只有从叶片的摇晃和抖动才能勉强看出它们的踪迹。奇怪的是，那些粗壮的木质茎干很少被羊群碰断。我在一丛最高的蕨叶下坐了很久，享受着由野生叶片给予的前所未有的奇特体验。只需拉一片蕨叶挡在头顶，一切俗世烦恼就统统被摒弃在外，涌入心中的只有自由、美和平静。山巅的孤松舞动，那是大自然手中的魔杖，每一位虔诚的登山者都深知它的神力；可这寂静林谷中的绝美风华，苏格兰人称它们为"breckan"（蕨），又曾被哪位诗人吟唱过？就算是铁石心肠的人，也无法拒绝这片神圣的蕨叶森林的感召。然而，就在今天，我亲眼看着牧羊人穿过一片最美的蕨林，脸上和他的绵羊一样毫无表情。我问他："你觉得这些壮美的蕨怎么样？"他回答："哦，就是些挡——挡路的大家伙。"

这里生活着脾性、形态和颜色各异的蜥蜴，看起来像鸟儿和松鼠一样快乐友善。这些脾气温和、行动缓慢的朋友们沐浴着神的阳光，尽其所能地维持并享受着生命。我喜欢看它们工作和嬉戏。它们很好打交道，而且你盯着它们漂亮无邪的眼睛看得越久，就越喜欢它

LIZARD 蜥蜴

们。它们很听话，非常讨人喜欢，在滚烫的岩石上蹦得像蜻蜓一样快，人的视线几乎无法跟上。可它们跑不远，一般每25~30厘米就要突然停顿一下，然后再继续跑，一路都在这种迅疾又断断续续的节奏中前行。不过我发现，它们中途的停顿其实是必要的休息，因为这些家伙呼吸很短，如果被一路追踪不懈，不一会儿就会可怜巴巴地喘着气，很容易被逮到。它们的尾巴大约占到身长的一半还多，但控制得很好，既不会沉重地拖在身后，也不会像不胜重负一样向上卷起，相反，它们仿佛有自己的生命，总能轻盈自如地跟在身体后面。有些蜥蜴和天空一样碧蓝，艳丽得像蓝知更鸟，有些则和它们平时猎食、晒太阳的长满地衣的岩石浑然一体。就连平原上的角蟾都温和而无害，那些类蛇的品种也是一样，虽然它们滑动起来就像真的蛇一般蜿蜒曲行，小小的不发达的四肢被拖曳着向前，就像无用的装饰品。我仔细观察过一条长达35厘米的蜥蜴，它如同肉芽般软弱的四肢毫无用处，滑行的运行姿态像蛇一般柔软、狡猾、轻松、优雅。这会儿来了一位灰扑扑的小家伙，它似乎认识我，而且信任我，绕着我的脚跑来跑去，还偷偷抬头看看我的脸。卡洛盯着蜥蜴，大概是觉得好玩，突然跳起来扑了过去，小蜥蜴像支箭一般从它脚底弹出去，隐入了灌木丛深处。温顺的蜥蜴啊，它们的原形是龙，一个古老而强大的种族的后代，愿上天保佑你们，愿你们的可爱之处众所周知！鲜少有人知道，它们坚硬的鳞片之下覆盖的是一个温柔可爱的生灵，一点不亚于那些羽毛、茸毛或是衣冠之下的物种。

在不是很遥远的地质时代之前，这里曾经是乳齿象和大象的家园，矿工们淘洗金沙时经常发现它们的骸骨。现在，这里至少生活着两种熊，此外还有美洲狮或美洲豹、山猫、狼、狐狸、蛇、蝎子、黄蜂、狼蛛这些猛兽和毒物，可是要论起这片大山中的生存之王，不少人认为一种野蛮彪悍的黑蚂蚁当之无愧。这些无所畏惧又不安分的小恶魔终日游荡，尽管只有大约6毫米长，却比我见过的所有野兽都更热衷于打架和撕咬。据我观察，它们会毫无缘由地攻击蚁穴附近的一切动物。弯曲如冰钩的口器占了它们身体的大部分，磨炼武器似乎是它们最重要的生活目标和乐趣所在。大部分黑蚂蚁的领地都建在树洞或有腐朽部分的金杯栎里以便建巢，也许这一选择是为了借助金杯栎的坚固来抵御其他动物和风暴的袭击。它们日以继夜地忙碌，爬进黑暗的洞穴，攀上最高的树木，不管是清凉的山谷，还是炎热暴露的山梁，处处可见它们漫游猎食的身影，除了天上和水下，它们的足迹遍布大路和野径。从山脚往上海拔约1600米的范围内，任何风吹草动都逃不过它们的掌握，不需一声吼叫和呼喊，它们的警报就能以惊人的速度传播开去。我不明白它们有什么必要如此骁勇好斗，实在找不出符合常理的解释。当然，它们有时是为了保卫家园而战，可平时只要发现能咬的东西，它们随时随地都能发起攻击。一旦发现人或兽身上的可攻击之处，它们就会一头扎下，将口器插进去，就算身子被撕裂也决不松口，反而越咬越深。这种凶残的生物分布如此广泛，壁垒又如此坚固，它们让我陷入沉思，看来要实现众生同享爱与和平的统治，我们还有很长一段路要走。

在离营地几分钟路程的地方，我路过一棵树径将近3米的死松树。这棵松树从头到脚都被火舌卷噬过，如今看来就像一座巨大的黑色柱碑。一种色泽乌黑的大蚂蚁在这伟岸的柱体上建立了自己的家

ANT 蚂蚁

园，它们勤勤恳恳地在木头中挖出隧道和蚁室，无论是朽烂的还是木质尚好的部分都一往直前。枯树基部锯屑般的木渣堆积如小山，据此可以判断整个树干内部已经如同蜂窝了。比起它们好斗且具有强烈体味的小个子同胞来说，这种大蚂蚁看起来比较聪明，在需要的时候当然积极应战，但平时的行为举止就要斯文得多。不论是屹立的枯木还是倾颓的横枝，它们都可以在里面建造城市，但绝不会把蚁穴建在坚实的活树里或是地下。如果碰巧在它们的领地附近坐下休息或是写笔记，肯定会被在外游荡的蚂蚁猎手发现，它们会小心翼翼地上前研究闯入者的属性，并判断该如何应对。如果你离蚁城不算太近，并且一动不动，它们可能会在你的脚上跑几个来回，然后爬到你的腿上、手上、脸上、裤子上，似乎在综合评估你的威胁性，如果觉得一切正常就安静地悄然退去。然而，如果你身上有让它们感兴趣的地方，或者有可疑的动作刺激到它们，马上就会被大咬一口，那可真是太要命了！在我看来即便是熊吻或狼噬也无法与之相比。当一阵尖锐的刺痛像电流一般沿着被激怒的神经传来，你就会见识到自己的感官有多么敏锐了。当那阵因剧烈疼痛引起的短暂失神逐渐缓和，你才会猛然尖叫出声，一把抓起那痛苦的缔造者，困惑而无辜地与它面面相觑。所幸，加倍小心的话，这辈子也就会这样被咬一两次。这种吓人的蚂蚁体长大约2厘米，是熊的佳肴。熊会先把它们栖身的木头撕咬得粉碎，然后把蚁卵、幼虫、雄蚁、蚁后，连着承载蚁穴的腐木和尚完好的木头一同卷进嘴里，当成酸辣风味的肉酱囫囵吞下去。有登山客告诉过我，掘土印第安人也对这群蚂蚁情有独钟。他们不光爱吃蚂蚁的幼虫，甚至连成虫也不放过。他们的吃法是先咬下蚂蚁头，再津津有味地品尝味道酸涩的蚁身。咬人者人亦咬之，这世上所有咬人的动物，无论大小，都逃不过这样的命运。

这里还有一种漂亮、活跃，看起来也很聪明的红蚂蚁，体型大小介于上述两种之间。它们住在地下，在巢穴上用种皮、树叶、草茎等垒砌起高高的一堆，食物大概主要是昆虫、叶子、种子和树液。大自然需要哺育多少张嘴啊！我们有多少邻居，对它们的了解又何等贫瘠，与这些邻居相遇的机会又那么少！想想吧，还有无数和我们一起生活在地球上的小生命，小得几乎看不见，和它们比起来，最小的蚂蚁都是乳齿象一般的庞然大物。

6月14日

这一带的瀑布和落水下的深潭都是由飞泻而下的水流冲刷而成，潭中水质清澈，少有碎石。被瀑流冲下来的大岩块堆积在水潭前不远处，形成了一道堤坝，和水蚀作用一起不断扩大着水潭的面积。当春季冰雪消融时，上游支流水量突增，从山坡咆哮而下的洪水会带来突如其来的改变。那些无法被冬夏两季的水流撼动的早期落入河道的大岩石，在洪水的冲击下就像被一把威力巨大的扫帚推到了前方，和之前的石坝汇成一体，形成一道新坝；体积稍小的石块则被水流带到更远处，一路依据大小和形状的不同，散落在河道中各处能消减水流冲击的地方。然而，春季洪水的影响有限，能让瀑布、池塘和石坝三者间的关系发生巨大改变的还是无规律的突发性洪水。那些生长在洪流冲刷下的沉积岩上的树木可以证明。最近的一次大洪水发生在一百多年前，它唤醒了一切可移动的物体，跟随洪流回旋舞动，共同踏上一段美妙的旅程。历史上的大洪水可能发生在夏季,被称作"云暴"的大雷雨降落,汇聚的水流在山间开凿出宽阔而陡峭的溪沟,水量骤然集中,形成轰鸣的激流冲进主河道,虽然匆匆而过,却蕴含着巨大的搬运能力。

距离营地最近的池塘石坝底沿下的溪沟中巍然立着一块古洪水时期带来的大石头。这块花岗岩近似立方体,高约2.4米,从顶部到侧面正常水位线的位置以上都覆盖着一层厚厚的苔藓。今天我爬到石头顶上躺下,才发现这里简直是我到过的最浪漫的地方——整块的巨石、青苔遍布的平顶、光滑的侧面,方正、坚实、孤立,如同一座祭坛。前方瀑布扬起轻柔的水雾洒在上面,刚好维持苔藓层的生机;下面的潭水清澈碧绿,白浪层叠;池边的百合娇羞颔首,像仰慕者列队一般围了半圈。绽放的山茱萸和赤杨交织成拱形的绿荫,丝丝缕缕的阳光被繁密的枝叶筛出幼细的金线。绿叶掩映的半透明穹顶之下是那么舒适安宁、清凉宜人,水流奏响的音乐又是那么欢快——瀑布撞击的低音轰鸣、湍流急转的玎琮悦耳、水花四溅的叮咚作响,还有水流从巨石畔掠过发出丰富多变的细语与低喃,又在千万颗小石头的映衬下熠熠生辉,一路滑过蕨叶搭成的隧道而去。一切都像被关在一个密闭的空间内,就像身处安静的房间,每一种音效都近在耳边。这里如此神圣,让人不禁期冀上帝的降临。

入夜后,营地安静下来,我摸黑回到圣坛石上,在那里度过了一夜——在水畔,在叶幕和星辉下。此时的一切比起日间更令人难忘,白色的瀑布依稀可见,用庄严的热忱唱响自然的情歌,星光从叶片间漏下来,仿佛加入了白水的合唱。这珍贵的一夜,珍贵的一天,它将在我心中留存永远。感恩上帝不朽的馈赠。

6月15日

又是一个神清气爽的早晨。阳光洒上漫长的山坡，将苏醒的松林染成金色，振奋了每一根松针，让一切生灵充满欢欣。知更鸟在赤杨和槭树林间鸣唱，几乎从这片美好的大路诞生伊始，同样的歌谣就年复一年地被唱响，让岁月变得快乐，变得甘甜。它们在山谷中和在农家果园中一样怡然自得。此外，这里还有巴洛克黄鹂（Bullock's oriole）和路易斯安那裸鼻雀（Louisiana tanager）、多种莺类，以及其他游吟诗人般的小型山鸟。大多数鸟儿现在正忙于筑巢。

又发现了一棵华丽的金杯栎，树干直径近2米；一棵花旗松（douglas spruce，学名*Pseudotsuga douglasii*），直径2.1米；以及一株红蛇韭（twining lily，学名*Stropholirion californicum*），茎长约2.4米，开了六十朵玫红色花。

糖松的球果近似圆柱体，顶部略尖，底部圆形。我今天看到的一颗长达60厘米，直径约15厘米，鳞片正在逐渐爆开的球果。营地附近另一棵糖松的球果长约48厘米，如果生长条件适宜，成熟球果的平均长度一般将近46厘米。在海拔大约762米的林带下缘，糖松球果的个头稍小，大约为30到38厘米；在约2100米以及它们生存的海拔上限——约塞米蒂地区的糖松球果差不多也是这个尺寸。这种雄伟的树值得无穷尽地研究，也会是研究者的欢乐之源。看着它硕大的穗状球果我从来不会感到厌倦。它正圆形的主干拔地而起30多米，不枝不杈，和泛着微妙的淡紫色的树皮、壮丽的树冠、下垂的羽状枝条一起

SUGAR PINE 糖松，学名兰伯氏松

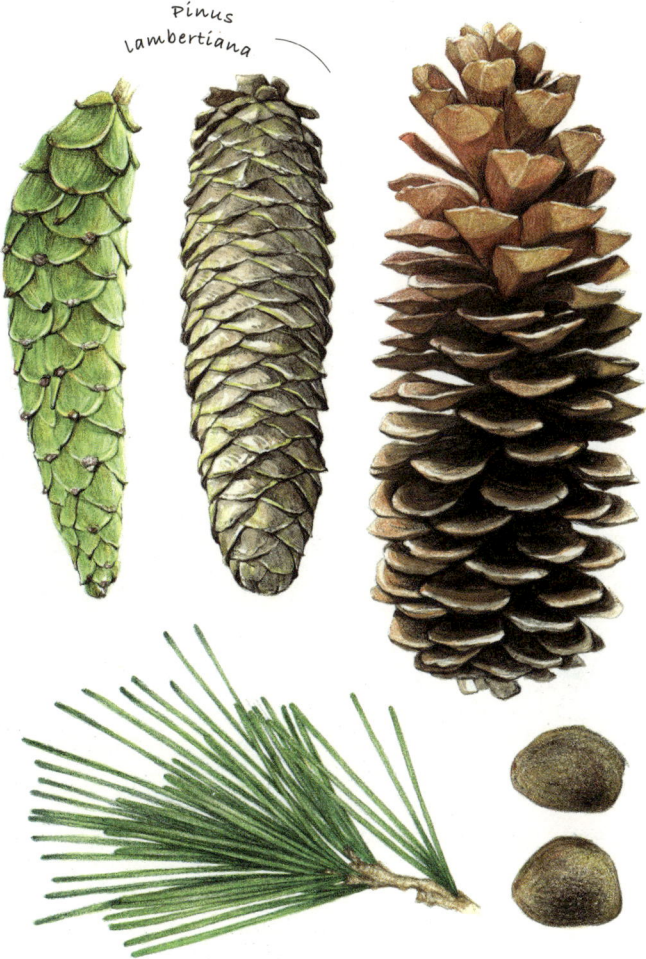

Pinus lambertiana

形成了一顶王冠，任何时候都那么引人注目。在习性和外观上，糖松看起来和棕榈树颇有相似之处，但我从未见过棕榈能有如此庄严的外形和姿态。在阳光下，它们泰然沉默，若有所思；在风暴中，它们迎风狂舞，每一根松针都激动震颤。

　　未长成的糖松和大多数松柏一样，挺拔笔直，形状规整，等长至五十至一百岁时，才开始显露其独特的风姿，因此你找不到两棵完全一样的盛年或高龄糖松，每一棵都值得细细欣赏。我给它们画了许多素描，但还是恨不能描出每根松针。据说糖松能长到九十多米，但我丈量过的最高的一棵要比这个数字矮近2米。营地附近最大的一棵糖松直径近3米，但我听说有些能长到3.7~4.6米。如此大的树径保证了糖松能长得很高，从外观上看，树干上下粗细差别微不可察。与糖松比邻而居的西黄松也几乎一样高大。幼树上银色的叶子在新苗和枝条梢头聚成圆柱形的刷子，十分华丽，有风拂过，松针都被吹向同一方向，每棵树都幻化成一座燃烧着太阳光焰的白塔。这个闪亮的树种真该被命名为银松。西黄松松针有的长逾30厘米，几乎和佛罗里达长叶松（long-leaf pine）相当。虽然和糖松几乎同样高大，但西黄松耐贫瘠的能力似乎更为优秀，虽然它的树形就是规整的圆锥形，相对较小的球果硬绷绷地藏在松针里，基本习性和形态也普通得多。如果没有糖松，西黄松必然会是世界上八九十种松树中的王者，光明中的最光明者，享受万木敬仰。就算是无生命的雕像，那它们也仍然是伟岸的事物！生命在它们的每一丝纤维、每一个细胞、每一根华丽闪耀的银针里搏动、战栗、满溢，那就是植物王国里的神祇，它们在天国的目光下巍然挺立千万年，被一代又一代人注视、热爱、赞美。在这里和更高的山上，还生长着众多能分泌树脂的喜阳树种——甜柏（Libocedrus）、花旗松、银冷杉（silver fir）、北美红杉（sequoia），全都闪闪发亮。放眼望去，在这片山林里，在这神佑的群山之中，我们继承的财富实在是太丰富了。

太阳落下了。西天的霞光染红了世界。远处的派勒特峰上，熠熠生辉的林木悄然肃立，思绪万千，它们在接受夕阳的晚祷和祝福，这场告别式庄严隆重得仿佛树和太阳间的永别。日光消散，彩霞染出的魔境也被打破，森林在星光和晚风中呼吸着自由的空气。

6月16日

早上，一名来自布朗平原的印第安人在我们毫无防备时闯入了营地。我当时坐在石头上翻阅笔记和素描，一抬头就看见他站在几步开外的地方，沉寂缄默，就像一截已经矗立几百上千年的老树桩，纹丝不动，饱经风霜。大概每个印第安人都有这种走路悄无声息的高强本领——他们会隐藏自己的行踪，就像我在这儿观察过的一种蜘蛛，在遇到危险——例如鸟儿落到它们布网的灌木上时，会立即在弹力十足的蛛丝上飞快地弹走隐蔽，速度快得只能看见虚影。即使在几乎无处藏身的环境下，野外的印第安人也能避开侦查，这种能力逐渐积累自艰辛的狩猎和战斗，接近目标、出其不意，或是被迫撤退保命时躲避敌人的耳目。历经数代的经验传承下来，最终被人们笼统地概括为本能。

营地周围，群山表面看上去平滑流畅，一成不变。羊圈以外，连小径都难觅，只在溪水旁、森林稀疏或是没覆盖到的区域有小片的暴露空地。在那些最平坦的暴露带或地块上，可以发现鹿道，有些很有可能是熊留下的脚印，不过这种厚重的大脚印和众多其他小动物的足迹一样极为依稀浅淡，连蛛丝马迹都算不上。在主山脊上和大一些的支流旁，可以追寻到印第安人的小径，但也相当模糊，完全不像平常山道。没人知道印第安人在这片山林中游荡了多少个春秋，也许已经有成百上千年了，早在哥伦布抵达这片大陆的海岸线前很久，他们就来到了这里。很奇怪，除了这些小径他们并没有留下更明显的人为痕迹。印第安人脚步轻柔，对自然的影响几乎跟鸟类和松树一般轻微，他们用枝叶和树皮搭建的小屋寿命也长不过林鼠的窝棚，就算是那些存世时间较长的建筑，过个几百年也都荡然无存，只留下片片为了扩大狩猎范围而焚烧过的山林遗迹。

　　这和大部分白人的所作所为大不相同，尤其是在山下的金矿产区——坚硬的岩石被炸开凿出道路，奔腾的河流被水坝拦截、驯服、改流，沿着峡谷一路引向矿区，在那里像奴隶般终日劳作。河水要么在漫长的引水渠里踩高跷般跨过一道道山梁，流过云霄，要么被禁锢在铁管中，上上下下穿越峡谷和山峦，最终的任务是冲去大山表面的丘陵和深厚积土，筛选剥离出每一处含有黄金的沟壑和平地。这就是狂热的数年中白人留下的印记，更不用说那些散布在山脉两侧的工场、农田和村庄，一直绵延数百公里。抹去这些印记需要漫长的岁月，大自然只能尽力让树木重生，让花草再放，扫除从前的大坝和水渠，抚平成堆的砂砾和碎岩，耐心地去愈合每一道伤疤。大规模的淘金风暴已经过去，鬓角灰白的老矿工现在可以平心静气地在各处废矿挖些残金勉强为生。地底爆炸的轰隆声仍未断绝，这次是为了开掘出石英矿。比起若干年前靠血汗苦劳掀起的狂潮来，现在对景观造成的破坏已经相对较轻了。所幸，山区中富含黄金的板岩大多集中在山脚，我们扎营的这片地区依旧保持着荒野风貌，高处山峰上的白雪也仍然无瑕得如同长空。

云之国里昨天还垒了几座山丘和半圆峰，今天却空空如也。日光苍白而轻薄，却温暖宜人。大自然的脉搏在旺盛地跳动，春日山间风和日丽的气候令人迷醉。夜间从山巅吹下来和煦的微风，白天只有些微从海洋、低地的山丘和平原上传来的气息，有时甚至全然无风，连叶片也一动不动。这里的树并没有经历过太多风。

和人一样，绵羊一饿就管不住。这群长着蹄子的蝗虫几乎吃光了营地周边二三公里范围内的所有叶片，只要它们够得着，就连灌木丛都被啃了个干净。任牧羊人和牧羊犬再卖力驱赶，羊只还是散落到四面八方，被掩藏在烟尘里。原本的十六只黑羊已经少了一只，我担心跑丢的还有更多。

6月17日

早上趁着羊群跳出畜栏的窄门时清点了一下数量，大约丢了三百只。牧羊人没法离开营地，只能由我去找羊。我往皮带上系了块面包皮，就和卡洛一起出发，往派勒特峰的高坡上去了。尽管找那些蠢羊要费点力气，这一天还是过得很愉快。我为寻羊而去，所幸回来时也完好无损。围绕着地平线出现了一环奇特的光晕，白而稀薄，渐渐淡入蔚蓝的天空，像是极光冕常见的现象。空中只有浅浅几缕云，纤细得如同丝线。我径直走到羊群常去的区域附近，沿着外围搜索，果然发现了这些漫游者留下的踪迹，它们已经爬到高处的山脊，进入了一块鼠李林环抱的空地。卡洛很清楚我此行的目的，卖力地嗅着羊群的气味带我找到了它们。绵羊们挤成一堆，怯生生的，也不吱声，显然，它们在这里待了一整晚又一个上午，根本不敢出去觅食。就像有的人一样，他们虽然逃脱了圈禁，却又害怕起自由，变得惊慌失措了，似乎更情愿回到原先熟悉的牢笼中去。

6月18日

又是令人振奋的一天，世上没有更美好的日子了。我所听过、读过的对天堂的描述也抵不上它的一半。正午，云层只占据了天空的百分之五，用洁白而朦胧的笔触在碧空中描画出精妙的图案。

这群长毛蝗虫够不着的山梁高处和山丘顶上，是狼薄荷、仙女扇（clarkia）、金鸡菊（coreopsis）和一丛丛高大的草本植物的欢乐舞台，有些草能长到像松树一般迎风摇摆。各种难以定种的羽扇豆大部分已经过了花期，众多其他野花也逐渐凋谢，昔日明艳照人的花冠都落了，只留下茸茸的冠毛，像一颗颗晨雾中的星星。

今天又有布朗平原的访客到来，一位背着筐的印第安老妇。她和上一位从那里来的客人一样，行动悄无声息，等我们发现时已经走到了眼前。我不知道她到底在一旁静默地注视了我们多久，就连几条狗都没注意到她诡秘的行踪。我猜她只是路过，大概是要去某片山野采集羽扇豆、富含淀粉的雨伞草叶和鲜嫩的根茎。她穿着破烂的印第安印花棉布服，远称不上整洁。虽然和大自然里的动物们共同分享荒野的物产，但她的模样怎么看都不如动物们干净漂亮。真奇怪，只有人类会显得脏。如果她穿的是皮毛，或是草编，甚至用刺柏（juniper）、翠柏树皮编的服装也好，至少在外观上能融入荒野，就像一头狼、一只熊。不过在我看来，和那些穿奇装异服、能吓坏鸟儿和松鼠的游客们相比，这些被蔑视的人类同胞并没有多接近自然半分。

6月19日

一整天都阳光灿烂。叶影遮蔽下的岩石秀美动人！尤其是金杯栎叶的影子，清晰而独特，任何艺术手法都描绘不出它的优雅和精致：它们静止时犹如映刻在岩石上的一幅工笔；轻柔滑过的样子又好似在躲避外界的噪音；起舞时轻捷翩跹，欢快回旋；在洒满阳光的岩面上蹦跳时又好比浪花拍打海岸的岩礁绝壁一般迅猛。阴影之美真实而丰富，又因数量繁多使得这美丽加倍。硕大的橙色百合列阵整齐，花和叶风华正茂，它们是高贵、健壮的植物，大自然的宠儿。

6月20日

早上，几只蠢羊被困在杂乱的灌木丛里了，像是自投蛛网的苍蝇，我只得去把它们弄出来。卡洛找到它们，轻轻松松就把它们赶出了困境。比起羊来，狗的智力真是高了不知道多少倍！卡洛实在是最深情、最忠实的朋友和救助者。高尚的圣伯纳犬是整个物种的骄傲。

香脂树（balsam）、松脂和薄荷把空气熏得芬芳，每一口呼吸都值得向上帝感恩。谁能想到这片粗粝的荒野竟会如此优美，入目皆是画卷般的美丽景色。置身其中，就像端坐于一座宏伟的穹顶大帐下，观看一出由风景、音乐和焚香上演的磅礴戏剧——每一道的布景、每一种表演都趣味横生，根本不必担心忍受片刻的沉闷与无聊。在这里，上帝仿佛竭尽全力，像凡人一样在饱含激情地卖力工作。

6月21日

沿着河岸漫步，去我的百合花园。这些荒野里的百合尽善尽美，总能引发人们无穷尽的爱慕和惊叹。池潭边变质板岩上的空洞中堆积着黑色腐殖土，它们的鳞茎就埋在里面，既能得到充分的水分滋养，又能避过洪水的冲击。它们长而光滑的茎干上，每一层叶轮上的每一片叶子都和花瓣一样精致完美。倾斜在它们上方的树木枝条过滤和调节了强烈的光线与温度，为它们创造出适宜的环境，满足了对光和热的需求。无论正午的暴风雨多猛烈，它们都安然无恙。迷人的苔藓在下面铺成了地毯，丛丛蕨叶缀饰在边缘，地面还开着堇菜和点点雏菊。连身旁的事物也都甜美而清新，一如百合本身。

今日的天空中只耸立着一座孤独悠远的粉白色云山，但光和影的润饰让它显得无比丰富。那巨大的穹顶、浮凸隆起的山脊，以及云山的峡谷沟壑中呈现出的色调都美得令人忘言。

6月22日

大部分时候都是阴天。带来阵雨的积雨云定时出现，还有一层薄薄的云雾飘浮在头顶，大约弥漫了四分之三的天空。

6月23日

啊，山中的岁月广阔、宁静、无穷无尽，让人想立即投入工作，又想安然休息！这样的日子里，万物都一样地神圣，为我们打开无数扇目睹上帝的窗户。一个人只要有幸在山中度过一日，以后纵是劳累疲惫，也绝不会再倒在路旁。无论命运如何，无论长寿还是短命，坎坷还是平淡，他永远富有。

6月24日

照例又是阴天和打雷。牧羊人比利遇上了大麻烦，他宣称这群羊里的恶魔之多在整个绵羊畜牧史上空前绝后。不管跑丢了多少，他都不会多走一步去找，理由是很有可能这边找回来一只，那边又弄丢了十只。于是，寻找失落羊只的任务落到了我和卡洛头上。比利的小狗杰克也不叫人省心，每晚都要跑上山到布朗平原去探访邻居。它是条模样平凡的杂种狗，谈不上名贵的血统，但对待爱与战争的态度却极有骑士精神。它咬断过绑在身上的每一根绳子和皮带，害得主人不得不一次次穿过灌木林去把它拽回来，最后实在没办法，只得弄了根杆子一头系在狗脖子上，一头捆在一棵结实的小树上。可夜里杆子经常翻转，在杠杆作用下，连接杆子和树那头的绳子很容易被磨断，然后杰克又可以踏上往日的征程，拖着杆子穿过灌木林，平安到达印第安人的聚居地。随后，它的主人跟着找来，二话不说先给它一顿打，骂骂咧咧地发誓今晚一定要"修理这只昏了头的狗"。晚上，比利毫不留情地用我们的铸铁锅盖困住了它。那锅盖的分量和狗差不多，被系在狗的颈圈上，紧勒着下巴，让可怜的小家伙几乎无法动弹。它垂头丧气地站在那儿，没法转头看，晚上想躺下也只能先拉长身体，伸直前腿趴在锅盖上，然后将脑袋老老实实放在两腿之间。然而，天还没亮，我们又听到杰克在远处高坡上吠叫，铸铁枷锁根本不管用。它肯定是靠两条后腿直立走过去，更确切地说是攀登上去的。沉甸甸的锅盖被它当成盾牌紧紧抱在胸前，对于敌人来说这可真是一块令人敬畏的重甲。接下来的一晚，狗和锅盖被一股脑儿塞进了一个旧麻袋，愤怒的比利终于取得了胜利。就在出发前，杰克刚被响尾蛇咬了下巴，一个多星期以来它的脑袋和脖子肿得有平时两个大，可即便如此，它还能轻快活跃地到处乱跑，还好现在总算彻底痊愈了。它得到的唯一优待就是新鲜牛奶，比利时不时要逼着它喝下约4~8升，也不管它中毒的咽喉有多疼。

6月25日

尽管只是牧羊营地，我也已经把大山里的这片空谷当作了家，在这里感受到的温馨与美好与日俱增，让人不舍得离开。百合花园目前还完好无损，没有遭受羊群的践踏。这些毛发褴褛，饥肠辘辘的可怜家伙们，我真心怜悯它们。它们每天要走上好几公里才能吃够总共15到20吨灌木嫩叶和青草。

6月26日

盛花期的太平洋狗木（Nuttall's flowering dogwood，又名Pacific dogwood，学名 *Cornus nuttallii*）非常漂亮，通体一片雪白，总苞直径约15~20厘米。一棵生长在河畔的狗木大约有9~15米高，如果旁边没有别的植株影响，它的树冠能伸展得相当大。它绚丽的总苞吸引来大群的飞蛾、蝴蝶和其他各怀目的而来的长翅膀生物，我想它们和树应该有互利关系。狗木喜湿，和赤杨、柳树和黑杨（cottonwood）一样需要大量水，所以在河边生长得最为繁茂。但是，也有一部分狗木会植根在峡谷潮湿隐蔽的松林下，不过树形要矮小得多。等到秋天，它们的叶片转变成红色、深紫、淡紫等多彩迷人的色调，比花更为艳丽。背阴面的山坡上，还有一种大量生长的灌木大概是黑果茱萸（blackfruit Cornel；学名 *Cornus sessilis*），它们的叶片是羊的食物。

远处有几道闪电划过，伴着大大小小的雷声滚滚。

6月27日

通往派勒特峰顶的清凉山坡上，加州榛（beaked hazel；学名 *Corylus rostrata, var. California*）是常见树种。榛树对我们有着特别的意义，就像我们的祖辈热衷于怀念气候凉爽的故土上生长的栎树和欧石南（heaths），我们对这些植物的感情也代代流传。这种榛树大约1.2~1.5米高，叶片柔软多毛，触感柔顺，可口的榛果是印第安人和松鼠钟爱的美味。午间，天空依旧飘着白色的云朵，一如往常。

6月28日

温暖醇厚的夏日，炽热的阳光振奋着每一根神经。松树和杉树的新叶几乎已经长成，一根根光亮耀眼。蜥蜴在滚烫的岩石上闪着光，生活在营地附近的几只都已经被驯化得差不多了。看来它们对我们的一举一动都很关注，不过应该只是好奇地旁观，没把我们当作威胁，只顾着扭过头回望我们，摆出各种帅气的姿势。这帮长着迷人眼睛的老实家伙，等到拔营离开时我会舍不得它们的。

6月29日

我认识了一种特别有趣的小鸟[1]，它们喜欢在瀑布和河流主干道的急流旁飞舞。从体格上看，它不是水禽，却靠水而生，从不远离溪流河道。它们的脚没有蹼，却敢无畏地俯冲进打着漩涡的深水中心。它们在河底找到了食物，然后用翅膀从水下游上来，跟鸭子及其他潜鸟没什么两样。有时候，它们会走到浅滩上去，时不时把脑袋伸进水里，又是猛晃又是点头，活泼欢闹，无疑是想要引人注目。它们的个头和知更鸟差不多，翅膀短而利落，既适于在水下游泳又适于在空中飞翔，不长的尾巴斜斜上翘，根据这一点，以及上下点头的姿态来看，又有些像鹪鹩（wren）。这种鸟的羽毛是朴素的蓝灰色，头部和肩部稍有褐色。它们在一座座瀑布间灵活地穿梭，在一处处湍流中自由地滑翔，翅膀拍打得像鹌鹑（quail）一般有力，在水流中翩然起舞。它们通常在凸出水面的岩石或是搁浅的障碍物上歇脚，极为难得的情况下，也会像普通在树上生活的鸟儿一样栖息在横生的干燥树枝上。这种鸟儿的仪态举止极其怪异，优雅又有些造作，不过歌唱得很好听，有些像嗓鹎（thrushy），婉转清亮，音调柔和而不嘈杂。光看外貌，人们或许会以为它们的歌声也和外表一样地活泼轻快，但实际上那歌声既没有那么锐利，也不算抑扬顿挫。这鸟儿的生活太浪漫了！它们飞舞在山溪河流最美的段落，树荫、清凉的水流和水雾将夏日的酷暑调节得温和宜人。鸟儿们日夜浸淫在河流的歌声中，难怪也

1.根据内文描述，这种"有趣的小鸟"应为美洲河鸟American dipper，又称water ouzel，学名 *Cinclus mexicanus*。

AMERICAN DIPPER 美洲河乌

是出色的歌手。这些小诗人的每一口呼吸都是歌，因为急流和瀑布的气息都应和着音乐，它们或许早在出生前就已经接受了启蒙，在还是一枚卵时就跟随着瀑布的轰鸣震颤。我还没找到它们的巢，但肯定就在河流附近，因为它们从不离开水。

6月30日

天气时阴时晴，云朵白得发亮。派勒特峰顶上成排的高大松树看起来像只有十几厘米高的模型，为缎子一般的天空勾画出精致的花边。全天的平均云量大约占了四分之一天空，无雨。难忘的第一个月就这样走到了尽头。这里的美层出不穷，数之不尽，不需要像太阳光照或海洋河流的潮汐一样被历法划分，只有平和、欢喜、源源不断的美。每个早晨，从沉沉酣眠中醒来，快乐的植物们、所有大大小小的动物伙伴们，甚至连岩石都在高喊："快醒醒，快醒醒！来庆祝吧！来爱我们，和我们一起唱歌。快来，快来！"回望营地树林，寂静、浪漫迷人而又宁静，这个6月应当是我生命中最美好的时光，真实至极、神仙一般自由、无拘无束恍若永恒，这将会是一段不朽的日子。一切都平等而神圣，流畅、纯净、野性，闪耀着天国之爱的光辉，绝不会被模糊、被玷污，无论过去还是未来。

7月1日

盛夏来临。植物的种子都已经蹦出花托和果荚，去寻觅它们命定的繁殖地。有些就在父母亲身旁扎根生长，更多的则乘风远去，落在陌生的草木间。大多数幼鸟已经羽翼丰满，能够飞出巢了，但还要依靠父母的照料，需要它们的保护、喂食和进一步教习。鸟类的家庭生活真是美满，难怪大家都喜欢它们。

我喜欢观察松鼠。这里生活着两种——加利福尼亚灰松鼠（The California Gray）和道氏红松鼠（Douglas Squirrel）。后者是我见过的最耀眼夺目的松鼠，它们的生命就像一团火，尖锐的脚趾令每棵树都刺痒难耐；又像是凝聚了群山鲜活的精力和勇气，阳光一般远离疾病侵扰。这种动物简直不会疲倦也不会生病。它似乎将群山当作了自己的领地，一开始想把整群羊，连带牧羊人和牧羊犬一起赶跑。它怒气冲冲的模样太可爱了！眼睛圆瞪，牙齿尽露，连胡子都带着表情。如果不是小得这么滑稽，这肯定是个可怕的家伙！我很想多了解一些它的成长过程以及一年四季在树洞里和树顶上的生活。奇怪的是，我没能找到一窝小松鼠。道氏红松鼠和生活在大西洋海岸的红松鼠有着相近的血缘关系，它们也许就是沿着横亘东西绵延不断的北方森林迁移到了大陆的这一头。

加利福尼亚灰松鼠是最漂亮的一种，也是除了毛茸茸的邻居道氏红松鼠之外最有意思的一种松鼠。它们的体型比道氏红松鼠大一倍，但远没有那么活跃，在树木上的活动也没那么声势浩大，穿行在枝叶间时引发的动静比起它们的小兄弟来要小不少。我从未听过它们大声吼叫，除了对我们的狗。觅食时，它们安静地在一根根树枝间穿梭，翻检去年的球果，看看鳞片间是否残留有些许松子，或是从地上的落叶里捡拾落下的球果，现在这个季节还没有新产的果子。它们的尾巴一会儿荡在后面，一会儿遮过头顶，或是水平支着，或是蜷得像一团卷云，每一根毛都柔顺、整洁、闪亮，再辛苦劳累也依旧光彩照人，

DOUGLAS SQUIRREL
道氏红松鼠

—

THE LARGE CALIFORNIA GRAY
加利福尼亚灰松鼠

—

像一朵蓟花（thistle）的冠毛一样漂亮。它们的身体看起来和尾巴一样轻盈。小个头的道氏红松鼠性格热烈火爆，爱吹牛、爱战斗、爱表演，行动迅猛得几乎能抓伤观察者，杂耍般的夸张动作把人看晕。灰松鼠则是内向的，行动一般也很隐秘，似乎时刻都在提防着敌人从每一棵树、每一丛灌木上、每一根圆木后面跳出来，它们显然只想独处，既不想被看见、被欣赏，也不想吓到对方。灰松鼠是印第安人猎食的对象，所以它们有理由如此谨小慎微，更何况还有鹰、蛇、野猫等其他天敌存在。在食物充裕的树林中，它们会穿过隐蔽的密林，翻过倒伏的树干，到喜欢的水塘去喝水。又干又热的天气里，它们几乎每天都会定时出现。这些水塘据说个个都处在印第安人的严密监视下，尤其是那些背着弓箭埋伏在地上的男孩子，他们射杀猎物时悄无声息。尽管天敌不少，松鼠仍然是一种快乐的动物，是大森林的宠儿，不知疲倦的生活方式的代表。在我看来，大自然的所有野生动物中，它们是最狂野的一种。希望以后我们能有机会进一步了解彼此。

通往营地南面的山坡上丛林密布，这里不仅是无数快乐的鸟儿的筑巢地，也是奇特的林鼠（wood rat，学名*Neotoma*）的家园和藏身之所。这是一种漂亮有趣的动物，见到它的人肯定会被吸引。它长得更像松鼠而不是老鼠，个头也比老鼠大很多，和青色板岩同色的皮毛精致、丰厚、柔软；肚子上有白毛；大耳朵薄而透明；眼神又大又温柔，水汪汪的；爪子细瘦，锋利得像针；四肢强壮，会像松鼠一样爬树。林鼠的眼神可比老鼠或松鼠纯真多了，它们很容易接近，乐于相信对方的善意。对比荆棘密布的丛林生活环境，它们的样子过于精巧

WOOD RAT 林鼠

Neotoma

了；它们的巢穴也和外貌不相称，不过里面还是铺得很软和。它们的房子是这片山区里所有动物中造得最大最显眼的，路过的旅人猛然间首次看到这样一组建筑一定会留下深刻的印象。它们用各种小棍搭房子，随意捡来的朽烂树棍、就近啃下来的多刺的绿色枝条都有，整幢房子就是个大杂烩，只要是搬得动的，小土块、石头、骨头、鹿角等等，全都堆在一起垒成一个圆锥形，像是个准备生火的柴堆。这些奇怪的小房子有的高度和直径都可达1.8米，通常十来个一组建在一起，与其说是为了社交方便，不如说是因为食物和庇护的需要。穿越偏僻山侧那茂密杂乱的丛林时，孤身只影的旅人猛然间撞见这样一片奇怪的村落肯定会吓一跳，以为自己闯入了印第安人的聚居点，为自己将会受到的待遇忐忑不安。可他不会看见野蛮人的脸，也许连一个人都见不到，最多只有两三个真正的居民坐在自家小屋的屋顶上，用荒野中最温和的眼睛打量着陌生人，并允许他靠近。

在林鼠粗糙的尖顶房中央，是它们嚼下树皮的内层纤维垫成的柔软的巢，上面还铺着羽毛以及柳树和马利筋（milkweed）种子的茸毛。这种住在粗糙而厚实的房子里的精巧生物让人想起那些绽放在长满尖刺的总苞里的娇嫩花朵。有些林鼠把窝建在树上，离地9~12米不等，有些甚至会建在人居的阁楼里，如同燕子和朱顶雀（linnets）一般，虽然习惯了野外的孤独生活，似乎还是想寻求人类的陪伴和保护。

林鼠不仅擅长家政，还以偷窃闻名。不管什么，只要搬得动，它们都会拖到自己奇怪的小屋里，餐刀、叉子、梳子、指甲、锡杯、眼镜，无奇不有。我猜，它们这么干是为了加固自己的防御工事吧。据我了解，它们藏在窝里的食物和松鼠几乎一样，都是坚果、浆果、种子，有时还有树皮和各种鼠李科植物新发的嫩芽。

7月2日

温暖、晴朗的一天。植物、动物和岩石都在兴奋地震颤，树液分泌旺盛，血流涌动加速，水晶般的山体中，每一颗微粒都在震颤、旋转，如星辰般欢快和谐地起舞。无论在何处你都看不见沉闷，也绝不会想起它。永无停滞，永无消亡。一切都应和着自然大心脏的搏动，敲打着喜悦而有韵律的节奏。

珍珠般的积雨云堆在高山之上。那些云没有银边，因为它们通体银白。那是最明亮、最清爽、最坚如磐石的云，形态变化最莫测，边缘也最清晰，在我走过的所有地方、经历过的任何季节里，都绝无仅有。它们是世上最高的山脉，每天观察这些雪白的云山聚起又消散，都能让我惊奇赞叹。那些巨大的白色圆顶山高达数千米，每次凝望都会有新生的爱慕涌上心头。然而，就在这天光山色间，食物问题却让我们饱受打击。面包已经吃完好几天了，我们对它的渴望显得有些非理性，毕竟还有足够的肉类、糖和茶可以享用。身处物产丰富的荒野之中，我们却觉得食物匮乏，这真是咄咄怪事。印第安人让我们羞愧，连松鼠都比我们强——富含淀粉的根茎、种子和树皮到处都是，可仅仅因为食物品种短缺就能打破我们的身体平衡，让我们不能全身心享受最大的快乐。

7月3日

　　温暖。微风刚刚够穿过树林，吹来千万处的芬芳气息。松树和杉树的球果长势很好，每棵树都流淌着树脂和香蜜，种子熟得很快，预示着丰收的一季，松鼠会有东西吃了。各种坚果离成熟还远，它们就已经开吃起来，却从未见它们吃坏过肚子。

第三章

面包没有了

A
Bread
Famine

7月4日

羊圈外的空气中弥漫着森林精华的气息，日益甘美馥郁，像是逐渐成熟的水果。

我们等着德拉尼先生尽快从平原回来，带给我们新的食物补给，羊群也要迁到新牧场去，人和羊都需要更丰富和均衡的饮食。与此同时，我们储备的豆子和面粉都吃光了，只剩下羊肉、糖和茶。牧羊人有些意志消沉，对羊群的健康似乎全然不上心。他说，既然老板没把他喂饱，他也没必要把羊喂饱，还发誓说，正经白人没有哪个能光靠吃羊肉来攀爬这么陡峭的山坡。比利在国庆日的演讲如下："这就不是给真正的白人吃的东西，只配给狗、土狼和印第安人吃，他们是另一回事。我就一句话——好吃好喝，才能养好羊。"

7月5日

正午时分，内华达山脉上空优雅缭绕的云彩一天比一天绮丽，它们的身姿如此不可思议，甚至没什么恰当的措辞能够形容。我甚至会彻夜不眠，只为饱览它们的风姿。昨天，低处升起了国庆日礼炮的烟雾，演说家比利的豪言壮语逐渐随风飘散。在这里的每一天都像过节，像一场由始至终都激荡着宁静的热忱庆典，永不会有疲惫、枯竭和厌倦的感觉。万物都在欢庆，每一个细胞、每一粒晶体都在共襄盛举。

7月6日

德拉尼先生没来，饥荒形势严重了。我们还得再吃一阵子羊肉，这样的饮食实在是让人难以适应。我曾听说过，德克萨斯州的开荒者们可以长期不吃任何谷物类主食，把野生火鸡的鸡胸肉当面包吃也毫无异状。在那些回顾老时光的故事里，这样的事例屡见不鲜，那时候人的生活不那么安全，也不那么讲究。早年间，在落基山（Rocky Mountain）一带设下陷阱捕猎的人和皮毛贩子能靠野牛（bison）和海狸肉生活数月，也有人只靠鲑鱼（Salmon）度日，不管是印第安人还是白人，似乎都没有受到主食短缺的影响。然而此时，我们最不想看到的就是羊肉，品质再好也不想吃。我们挑了最瘦的几块忍着恶心咽下去，结果马上一阵反胃想吐出来。这时候再喝茶的话，更是火上浇油。我们的胃已经将自己当作了有自主意识的独立个体。我们本该学印第安人，煮些羽扇豆叶、苜蓿、含有淀粉的叶柄和雨伞草根茎吃，现在却只能忍住胃里的不适，站起来四处望望，看一会儿山，然后顽强地穿过灌木林和岩石往上攀登，进入刚才凝视的那片风景中心。随之而来的，是一阵沉闷的安宁，日常工作按部就班地展开，就连闲情逸致也提不起精神。我们嚼几片美洲茶叶权当午餐，又摘把辛辣的狼薄荷嗅一下、嚼两口，缓解头部和胃部的钝痛。痛苦有时减轻，有时又像迷雾一般侵袭着身体。晚餐还是羊肉，我们只能一块接着一块强迫自己硬生生吞下去，但也吃不了太多。夜里躺在床上仰望，翠柏的羽毛状枝叶中的夜空里有星星在闪烁。

7月7日

今早我病了，虚弱无力，只因为没能吃到面包。我几乎没法集中注意力于此生最棒的考察工作中，似乎一旦离开麦田和磨坊，人就难以为生，没有精力在天堂般的森林里恣意游荡。我们像笼中一心渴求饼干的鹦鹉，来者不拒，哪怕是一块绕着地球走过一圈的脏兮兮的面饼都能让我们满足，若是有益健康的苏打饼干那就再好不过了。从前的多次植物调查旅行经验告诉我，只吃面包不吃肉是不错的饮食方案。茶也没什么必要，我所需要的只是面包和水，还有心情愉快的工作——这要求并不高，但普通人需要经过培养和调整才能享受这种彻底放弃某一类食物、勇敢面对荒野的生活。生活在其他地区的人们也可以证明，这样的饮食同样可以保证身体的健康。例如居住地远离小麦生长北缘的爱斯基摩人，他们的主要食物来源是油脂丰厚的海豹和鲸鱼。他们吃肉、浆果、苦涩的野草和鲸脂，甚至有时在长达几个月的时间里只有鲸脂一种食物。但据说，这群生活在这片大陆冰封的北方海岸的人个个健壮、快乐、结实、勇敢。还有报道说，那些靠吃鱼或是蜘蛛等昆虫维持生命的人也没遇到过什么肠胃上的问题。相较而言，我们却被消化问题折磨得无精打采，无助到了可笑的地步，整天愁眉苦脸，肚子里的响声和嘴里的抱怨嘀咕听起来就像备受压抑的羊叫。我们还有不少糖，今晚我突发奇想，没准可以和哄哭闹的孩子一样，用糖来哄一哄我们正在造反的胃。我们洗干净平底锅，往里面倒了大量糖，把它融成蜡状的糖浆，结果更难以下咽了。

人类似乎是唯一一种会被食物污染的动物，我们需要大量必要的清洗工作，还需要盾牌般的围兜和餐巾。鼹鼠（mole）生活在地下，吃的是黏糊糊的蠕虫，却仍然干净得像一直在水里洗澡的海豹或鱼。我们之前也见过，在满是树脂的林中，松鼠仍然能神奇地保持清洁，纵使它们吃的是黏满松脂的球果，还四处攀爬，毫不顾忌枝干上的树脂，毛也依旧干爽洁净毫不粘连。鸟类也很干净，不过它们清洗羽毛确实格外认真。几只苍蝇和蚂蚁像它们被困在琥珀中的祖先一样，在我们丢弃的冷却糖浆中动弹不得。我们的胃就像过度疲劳的肌肉，由于长时间的蠕动而酸痛不已。我在佐治亚州萨凡纳（Savannah）附近的圣文德（Bonaventure）墓园时曾经挨过饿，好几天没进食。现在我空空荡荡的胃就和当时一样摩擦得灼热，连因此造成的敏感和疼痛也似曾相识，虽然不算剧烈，但却十分难忍。我们的梦里都是面包，可见的确需要它。我们应该和印第安人一样懂得如何从蕨类植物、雨伞草茎干、百合球茎、松树皮等材料中获得淀粉。遗憾的是，这方面的知识早已在我们的教育中缺席好几代了。野生大米应该也不错。我注意到湿地边缘有一种假稻（leersia），但它的谷粒很小。橡子还没熟，松果和榛子也是，松树、杉树树皮的内层也许可以试试。我们喝茶喝得进入一种迷醉状态，人类似乎遇到任何非同寻常的事都需要来点刺激性饮品助兴，茶是我唯一的选择。比利还嚼了很多烟叶，那也许可以让他麻木，并缓解他的苦痛。我们每隔一小时都要眺望一下堂·吉诃德先生，聆听他的脚步声。当他的大脚踏进群山，那一刻该多么美妙！

在温暖宜人的内华达山区，我见过的牧羊人和山民对食物供给和休息场所的要求一般都不高。他们中的大部分人发自内心地推崇"简陋生活"，将大自然的精细和优雅视作麻烦和娇气。牧羊人通常就直接睡在地上，两张毯子，再找一块石头、一段木头或是一个驮包作为枕头。选择睡觉地点时，他们比狗还敷衍。狗在决定这件要事之前，总要瞻前顾后，跑东跑西一阵，还要刨开地面的树枝和小石块，没完没了地调整，想要把安眠之处弄得更舒适。而牧羊人呢？他们随便在哪儿都能躺倒，择地休息的本领看来是所有动物中最差的。对于食物，他们同样敷衍。即使拥有所有能想到的食材，他们做出的食物也与美味相距甚远，更不必提烹饪中的派系之别或是调味的精妙了。他们的菜单上只有豆子、随便什么样的面包、火腿、羊肉、干桃子这些东西，有时加点土豆和洋葱。后两者因为分量重、营养价值有限被视为奢侈品，只有从大本营牧场出发时才会各装上半袋塞进行李，用不了几天就吃光了。豆子好搬动，有营养，适于长久储存，煮起来也很方便，是主要的储备粮。有趣的是，关于煮豆子流传着许多神秘的传说。每一位厨师都坚信，只有自己的煮豆方法才是最佳方案。他们对这锅美味的糊状物倾注了无限的柔情蜜意，细细搅拌，精心调味——拌上油，加入培根增添风味，然后煮到酥烂——等到煮好了，骄傲的大厨会舀出半勺来邀人试味，问："怎么样？我的豆子怎么样？"那口气就好像无论谁吃了他的豆子，都不可能再看得上别人的了。即使烹调方式一样，但因为有了他的独门秘方，也会显出与众不同的美味。根据不同的口味和习惯，有的厨师会加糖浆、蔗糖或是胡椒调味；有的则一定要倒掉煮豆的第一道水，再加一两勺碱或者苏打粉，让豆皮充分煮烂。然而，就像蛋糕和红酒一样，每锅豆子的味道也不会完全相同。那些煮砸了的豆子，有些可能是碰上不吉利的日子或是月亮潮汐，有些是因为豆子生长的土壤不对，甚至于有些是因为年景不对，不利于豆子生长。

咖啡在露营餐中也占有重要地位，却不像煮豆子有那么多神奇的传说。露营者只会滋滋吸上一大口，然后发出一声低沉满足的咕哝，感叹一句"不错的咖啡"，并没有特定的交流对象。接着，他们再嗞嗞吸一口，又重复一遍刚才的评价："先生，那真是不错的咖啡。"至于茶，只分成两种——淡茶和浓茶，越浓越好。每次喝完茶，可能从他们口中吐出的唯一一句评价就是"这茶太淡了"，如果没人说这句话，那就证明茶不错，却还不值一提。对他们来说，就算是煮了一两个小时，或者被松脂点燃的浓烟熏过的茶也没关系——谁会在意那一点点单宁或是杂酚油呢？相反，它们能让这种黑乎乎的饮料更浓烈，也更受那些被烟草迟钝了的味蕾青睐。

和加州大多数露营者的做法一样，牧羊营地的面包也是用铸铁焖锅烤出来的。有一种面包直接用发酵粉发酵，做出来的面饼粘牙而且不健康，吃了会消化不良；还有一种用酸面团发酵的面包就很棒，做法是从每批发好的面团上揪下一块放进面粉袋里，作为下次发酵的引子。烤炉就是普通的椭圆形铸铁锅，大概13厘米深，短轴约30厘米，长轴约46厘米。在锡盘上揉好面团后，将铸铁锅稍稍加热，抹上一层牛油或猪油，再放入面团，压成锅底大小，然后让面团发酵。准备烤面包前，先铲一把烧好的炭铺在火堆旁，将铸铁锅放在炭上，再往锅盖上铺一层炭。烤的过程中还需要时不时往上加炭，以保证锅内的温度足够高。这种方式可以烤出很好的面包，但也容易烤煳或是变酸，有时候又会发酵过头。另外，铸铁锅的重量也是个严重的不利因素，不方便携带上路。

终于，堂·吉诃德先生跨进了漫长的峡谷——饥饿再见了！我们的视线又转向群山，明天就要往上向着云雾缭绕的高处进发。

纵是到了生命终结的时刻，我也不会忘记这次旅程中的第一个营地。它已经扎根于我的身体，对我来说，它不仅是回忆中的美妙画卷，而且已成为我心智和肉体的一部分。这个深漏斗形的深谷中有宏伟的树林，每个美妙的夜晚，星星会从树叶间钻出来铺洒清辉。通向布朗平原的陡坡上有一片山花烂漫的荒野，无风的日子里花香会一直沉到谷底。树荫合抱的河段用各种声音唱歌，水流或是浩荡流淌，或是奔涌急冲，或是欢腾前进；拂过蘸水的莎草、灌木枝和青苔覆盖的石头；在水潭里打着漩，遇到野花缤纷的小洲就分为两股，跨越时溅起灰色和白色的水花。它们的歌声那么欢乐，基调中却有一种庄严的低音在回荡，让人想起大海。还有一种勇敢的小鸟始终与河流相伴，在回旋飞舞的水沫中用人类般甜美的歌喉啼唱，仿佛在咏唱神圣的福音歌颂上帝的恩宠。还有派勒特峰，它那一道道延展的山坡线条绵长优雅，次第交错，连续跨越了好几个气候带。山上的树木是同类中的王者，它们高傲地列队等待检阅，尖顶叠着尖顶，树冠盖着树冠，一个个挥舞着自己叶片繁茂的颀长手臂，像投掷铃铛一般抛撒着球果。这些幸运的山居者吸收着阳光，健壮魁梧，它们是风和太阳弹奏的竖琴，每一棵树所奏响的乐声都和谐悦耳。野鹿在长着榛树和鼠李的草场上徘徊，阳光灼烧的山梁上盛开着紫色的薄荷和黄色的一枝黄花（golden-rod，学名 *Solidago decurrens*），蒿叶梅铺展如茵，蜜蜂在花间嗡嗡忙碌。

　　同样不能忘记的，还有这段山居岁月里的每一次黎明、日出和日落——玫瑰色的晨曦悄悄弥漫到星辰之间，将湛蓝的夜空染上水仙花般的清透黄色；平直的光束倏地向远方奔涌，扫过一道道山脊，轻抚一排排松树，用柔和的光线唤醒这些威仪赫赫的群山之主，让它们在暖意中醒来，在山间欢快地闪耀。阳光如金的正午，雪花石膏般的云朵垒起高山，大地焕发着喜悦的光彩恍若神袛的脸庞。日落时分，森林静默肃立，等候着它们的晚安祝福。这一切都将是我神圣的、生生不息的、不可虚掷的财富。

第四章

To The High

Mountains

到高山去

7月8日

我们出发往群峰之巅而去。午间的雷鸣，还有无数安静而细小的声音都在向我们召唤："上来吧。"别了，亲爱的山谷、树林、花园、溪流、鸟儿、松鼠、蜥蜴和千千万万其他事物。再会，再会了。

大群有蹄蝗虫般的羔羊在树林间曲折地向上进发，扬起漫天的黄褐色尘土。刚刚出畜栏，羊群似乎就意识到终于要去新牧场了，一齐疯狂地往前冲，在灌木丛中的小道上挤成一团，蹦跳着、翻滚着，犹如溃坝时奔腾而出的大水，欣喜若狂，欢呼咆哮。羊群两侧各安排了一个人不停地朝领头羊呼喊照应，饥肠辘辘的领头羊跑得就像加大拉的猪群[1]；另两个赶羊人忙着照看掉队的羊，将它们从杂乱的灌木中拉出来，只有印第安人保持着冷静和警觉，沉默地关注着那些可能被漏过的离群羊只；两条狗前前后后乱跑，一时不知道该干什么，堂·吉诃德先生早就远远落在了后面，努力想要跟上自己这群不听话的财产。

一走出之前被啃食得干干净净的草地，饥饿的羊群立刻就平静下

1.加大拉的猪群：《圣经》故事中，耶稣途经加大拉时将遇到的鬼赶入猪群，猪群因此闯下山崖，投进海里淹死了。

来，仿佛涓涓山溪淌入了新的草甸。此后我们让它们慢悠悠地一路走一路吃草，只需要留意前行的方向，朝着默塞德河和图奥勒米河的分水岭而去。两千头羊饿得扁扁的肚子很快就鼓胀起来，里面塞满了山鳌豆藤和青草。这些因饥饿而瘦骨嶙峋的疯狂生物与其说是羊，不如说是饿狼，但它们吃饱后马上变得温顺听话。原本咆哮不断的牧羊人也换上了温和有礼的面孔，在山间悠然漫步。

日落前，我们到达了榛树绿地（Hazel Green）。这是位于默塞德河谷和图奥勒米河谷分水岭顶部的一处迷人所在，雄伟的银冷杉和松树下，小溪流淌在茂密的榛树和山茱萸之间。我们就在这里扎营过夜，充满松脂的圆木和枝条高高堆起，燃起熊熊营火，光芒耀眼得如同日出。树木将缓慢积存了成百上千年的夏日阳光回馈给我们。在这穿梭时光的光芒映照下，周围景物逐渐从外界的黑暗中浮现出来，愈发显得身姿分明。青草、翠雀（larkspurs）、耧斗菜、百合花、榛树丛，以及环绕在营火旁的大树像是投入的观众，抱着人类般的热情凝视、倾听。夜风凉爽，我们朝着天际攀登了整整一天，那是我们欣赏了许久的云山的故乡。空气多么甜美清新，每一口呼吸都像是神的恩赐。这里的糖松无论在规模、美丽程度，还是数量上都长到了极限，几乎赶走了其他树种，占领了每一座丘陵、山坳和下劈的沟壑。不过在它身边还是可以找到几棵西黄松，最冷的区域还有银冷杉，这些树都高贵伟岸，但糖松是它们的王，它高高在上，伸展出长臂庇护着其他树，后者则摇动起伏着向它致敬。

我们已经抵达海拔约1800米的高度。上午经过分水岭上一块生长着熊果（Arctostaphylos）的平地，其中有几棵堪称我见过的最大植株。

MANZANITA 熊果

Arctostaphylos

我丈量过其中一棵，树干直径达1.2米，高度约46厘米，上端分成众多横向枝条，覆盖广阔，形成高达3~3.6米的树冠，上面开满一串串铃铛状的粉红色小花。熊果叶片呈浅绿色，有分泌物，弯曲的叶柄让叶片根根向上立起。枝条光裸无叶，棕褐色的树皮薄而光滑，干旱时会一片片翻卷剥落。它的木质红色，纹理致密，坚硬、沉重。不知道这些神奇的半乔木半灌木植物到底有多大年岁了，也许和那些宏伟的松树一样年代久远。熊果的果实深受印第安人、熊和鸟类热爱，样子长得像小苹果，通常一侧是玫红色，一侧是绿色。据说印第安人会用它们酿啤酒或是某种类似苹果酒的饮料。熊果有许多种，平台上的这种是尖叶熊果（*Arctostaphylos pungen*），在附近广泛生长。它们植株低，根又牢固，因此不用担心风，就算被山火席卷吞噬也不会死绝，还会从根部发芽长出新株，何况它们身处干旱山脊，很少会发生山火。有必要的话我会对它们做进一步研究。

夜里，我思念河流的歌声。仲春时节下榛树绿地里的小溪有着鸟儿般的歌喉。由于没有下层树叶翻飞的声响，那些游荡在树梢的晚风的声音竟奇异得令人感动。很晚了，我得睡了。营地一片寂静，所有人都已入睡，但将如此宝贵的时光浪费在睡眠上实在奢侈得过分。"神将睡眠赐予他所爱之人。"[1]可真遗憾，被上帝眷顾的人类如此需要睡眠，而且如此易于虚弱、疲惫、精疲力竭。唉！在这永恒而美丽的时光流转中酣眠是多么可惜，这隽永的景色值得人们化身星辰永久地注视。

1.神将睡眠赐予他所爱之人："He giveth his beloved sleep." 出自伊丽莎白·巴雷特·白朗宁（Elizabeth Barrett Browning）的诗作《睡眠》（*The Sleep*）。

7月9日

山间的空气令人振奋，我像野生动物般胸中充满无处发泄的喜悦，一大早就想要纵情吼叫。印第安人昨晚睡在离火很远的地方，没有毯子也没什么其他的驱寒衣物，身上的衣服也不过是一条蓝工装裤和一件汗湿的棉布衬衣。这个海拔的夜晚温度很低，我们给了他几条马鞍褥子，可他大概并不需要。带纺织品上路太麻烦，若能摆脱对它们的依赖应该说是件幸事。食物短缺时，他一路见着什么就吃什么——几个浆果、根茎以及鸟蛋、蚱蜢、黑蚂蚁、大黄蜂或是它的幼虫都可以充饥。据说他们的生活中，这么吃实在再平常不过。

我们今天的目标是沿着开阔的主山脊走到飞鹤平原（Crane Flat），然后下到另一侧的山坳去。这一带少有岩石，长满了我见过的最壮丽的松树和云杉。树干直径为1.8-2.4米、高逾60米的糖松比比皆是。统称为"银冷杉"的两种树：白冷杉（又名科罗拉多冷杉，*Abies concolor*）和红冷杉（*Abies magnifica*）都美丽至极，尤其是后者，一路随着海拔的升高越发繁盛。红冷杉体型庞大，无论从哪方面看都是内华达山脉的巨型针叶树中最夺目的一种。我就见过直径达2.1米、高达60多米的植株，完全长成的树至少平均高度能达到55~60米高，树干直径为1.5~1.8米。红冷杉不仅体量壮观，树形的对称和完美也是其他树所不具备的，至少在这一带无与伦比。它的树干高大笔直，姿容优雅地逐渐向上蔓延、变得尖细，分枝大部分五根轮生，一层层平铺成环，每根分枝都像蕨类植物的羽状复叶般分枝规律，细小的枝条上叶片厚重繁茂，使得树的外观看起来格外华丽丰满。每棵树的最顶端，都有一根粗壮笔直的新枝直指蓝天，仿佛训诫的手指。红冷杉的

红冷杉

———

Abies
magnifica

球果像酒桶一般矗立于上部的枝条间，大约15厘米长，直径约7.6厘米，圆柱形，直而光滑，质地犹如天鹅绒，看起来非常华贵。种子长约1.9厘米，暗红褐色，带着绚丽的虹彩紫翅膀，等到成熟后，球果裂开，种子从30米、45米或200米的高度落下，有风助力的话可以飞相当远的距离；一般也只有在风力充足的时候，大量种子才可能被摇晃出球果，自由飞翔。

另一种杉树——白冷杉的高度和繁茂程度几乎可以比肩红冷杉，但它的分枝不是规则的轮状排列，枝条也不大像羽状复叶，树叶也不如红冷杉繁茂。它的叶子大多左右分列成平坦的两排，而不是围绕枝条长满。球果和种子形状与红冷杉类似，但尺寸上要小一半。红冷杉的树皮呈紫红色，裂片细密。白冷杉树皮则是灰色，裂片较大。这两种冷杉真是高贵的一对。

从飞鹤平原往上，我们走了约 3 公里，海拔上升约 300 米。森林越来越稠密，大部分仍然是银色的红冷杉。飞鹤平原是一块位于分水岭上的草地，边缘处有一条广阔的沙地。蓝鹤（blue crane）在长途飞行中经常来此休憩、觅食，飞鹤平原的称呼也由此而来。这块平地大约有 800 米长，逐渐向下延伸至默塞德河畔，中段长满莎草，边缘则被百合花、耧斗菜、翠雀、羽扇豆和火焰草（castilleja）装点得十分艳丽，外围干燥的缓坡上星星点点盛开着各种各样的小花，有某种紫猴花（eunanus）、沟酸浆（mimulus）、吉莉草以及一丛丛伞石薇（spraguea），几种苞蓼（eriogonum）和鲜艳的朱巧花（zauschneria，学名 *Epilobium canum*）。周围如高墙般耸立的森林由两种杉树以及糖松和西黄松组成，它们在这里达到了美丽和庄严的巅峰。就海拔而言，

1800米或者再高一些的地区并不是糖松和西黄松的理想生长高度，但对红冷杉而言又太低了，只有白冷杉最为适宜。平原北端约2公里开外的地方有一小片巨杉（学名：*Sequoiadendron giganteum*）林，那是所有针叶树中的王者。此外，还有道氏云杉、北美翠柏（*Libocedrus decurrens*）以及几棵扭叶松零星分布，它们只占森林的一小部分。除了扭叶松外，所有这些巨树——包括三种松树、两种银冷杉、一种云杉和一种巨杉共同组成了地球上无与伦比的针叶树群落。

我们经过几片野花盛开的迷人草甸，有些位于分水岭顶上，有些镶嵌在宏伟的森林之中，像彩带一般垂在山侧。有些花田遍布开着白花的加州藜芦（*Veratrum californicum*），它们植株高挑，船形叶片长约30厘米，宽约20-25厘米，叶脉很像杓兰（cypripedium）。这是一种健壮热烈、花朵类似百合的植物，临水而居，引人注目。耧斗菜和翠雀生长在较为干旱的草甸边缘，羽扇豆立在齐腰深的草丛中，格外高大美丽。董莱铺地的草坪上，几株不同品种的火焰草开得明媚。然而，这片森林草甸上最灿烂的野花要数一种高山百合（L. parvum）。这种百合最高可达2.1~2.4米，壮观的总状花序开有十几二十朵小型的橙色花朵。它们在空地上傲然挺立，青草和其他植物刚够装饰它的脚边，将它衬托得更为高贵耀眼。它是我认识的百合新贵，一位真正的登山家——能在海拔2100米的高度绽放出极致的活力与美丽。我发现，即使在同一块草甸，根据土壤和生长年龄的不同，每一株百合的形态也各不相同。我见到过只开一朵花的植株，但离它咫尺之遥就有另一株开了二十五朵花。无法想象我们竟然让羊群闯进了这片百合草甸！大自然花费数百年的心血培育和滋养它们，在

冬季的冰霜中紧紧护住它们的鳞茎，用云朵做幕帘为它们遮蔽烈日，挥洒雨露让它们容光焕发，又动用一切神秘的手段来确保它们安然生长。但奇怪的是，她却允许羊群进来践踏摧毁这些花。看到这样的花田，出于常理，我们总恨不得用火墙把它围起来，但大自然却对捧在手心的珍宝毫不怜惜，将植物的美肆意挥霍，就像她挥霍阳光——将它遍洒在陆地和海洋、花园和沙漠里一样，百合花的美也同属于天使和人类、熊和松树、狼和羊、鸟儿和蜜蜂。不过据我观察，只有人类和人类所驯养的动物才会破坏这些花园。堂·吉诃德告诉我，天气炎热时笨拙缓慢的熊喜欢在花丛中打滚，鹿踩着尖利的蹄子在里面来回穿梭、踱步觅食，却绝不会危及一株百合。它们更像是园丁，精心培育着植物，该压土时帮着压土，该播种时帮着播种，在它们的呵护下，每一片叶子和花瓣都完好无损。

草甸四周的树也有着和百合花同样华丽的外表和形状，它们粗大的分枝和百合的叶轮排列一致。今晚，营地的篝火依然施展着魔法，将光照所及范围内的一切变得更为迷人。我躺在杉树下，看它们的尖顶戳破星光灿烂的夜空。夜空仿佛一片广袤的百合花田，这是多么美妙的体验！如此宝贵的夜晚，让我怎么舍得闭上眼睛？

7月10日

大清早，一只道氏红松鼠就在我的头顶乱吠，不愧是性格暴躁、脾气呛人的森林独裁者。娇小的林中鸟在平日喧嚣的旅途中难得一见，今早它们也跳上了草甸边树林里洒满阳光的枝头，一边晒太阳暖和身子，一边接受晨露的洗沐，真是美好的画面！这些长着羽毛的森林居民活泼自信的样貌和仪态迷人极了。它们似乎对享用到精美可口、营养丰富的早餐胸有成竹。可早餐从哪里来呢？如果需要我们为它们提供纯净健康的野生食物，给它们设好餐桌，摆上各种花蕾、种子、昆虫，我们必定一筹莫展。我想，它们从来就不会头痛，大概也从不受病痛折磨。至于那些肆无忌惮的道氏红松鼠，我们不用操心它的早餐，也不用担心它挨饿、生病，甚至死亡。就算有时也能看到它们忙着收集坚果，为生活操劳，但这些家伙似乎是星辰般的、超越于偶然和变化之外的存在。

我们穿越森林，向着高处而去，一路风尘卷没了山路，几千只脚在践踏着叶和花，但在这浩荡的荒野里，它们小得不足为道，摧枯拉朽的触碰毁不到山间的千万片花田。它们伤不到树，遭遇不幸的只有少量树苗，但如果这群长毛蝗虫的数量翻倍、价值增长，那么森林总有一天会被摧毁殆尽。得以安然无恙的只有天空，但尘土和烟雾就像劣质祭品燃起的焚烟，挡住了它的脸。可怜的、无助的、饥饿的绵羊，它们就像一群私生子，生下来就是错误，生错了时候，生错了地方，它们是半成品，上帝造它们时比造人还马虎，但它们的叫声却出奇得像人声，令人听了心生怜悯。

我们仍旧沿着默塞德河和图奥勒米河的分水岭上行，右侧的溪水将汇入歌声悠扬的约塞米蒂河（Yosemite River），左侧这条将汇入同样旋律美妙的图奥勒米河。它们滑过阳光明媚的薹草和百合花田，刚一汇聚就欢畅地一路冲下千沟万壑。世上再没有哪里的溪流能比它们的歌声更悦耳，也不会比它们更晶莹纯净，溪水时而叮咚细语，时而欢乐回旋，穿过阳光和荫翳，在池塘中闪着光。水流汇聚、跳跃、舞动，变幻着形态从悬崖和斜坡跌落，一程比一程更为美丽，直至最终投入更大的冰河怀抱。

我整天都沉溺于欣赏气势宏伟的银冷杉林，越往上走，它们的统治地位越是牢固，我对它们的爱慕也与日俱增。飞鹤平原以上的森林仍然相对疏朗，阳光能够照在铺满褐色松针的土地上。值得欣赏的不仅是冷杉树树冠和姿态的对称与伟岸，还有一片片由六七棵树组成的神殿般的小树林，每一棵树的尺寸和位置都排列得恰到好处，宛如一个整体。这儿实在是树木爱好者的天堂，世上最迟钝的眼睛看到这样的树林也会变得敏锐。

幸好羊群不需要太多关照，只要慢慢赶着往前走，让它们随意吃草就好。离开榛树绿地后，我们一直沿着约塞米蒂山道走，去往这处峡谷名胜的游客分别经由科尔特维尔和中国营地（Chinese Camp）两条山道在飞鹤平原会合，然后沿着这条路从北侧进入峡谷。另有一条从南侧入峡谷的山道则途经马里波萨（Mariposa）。我们见到的游客有些三五成群，有些十五至二十人一团，骑着骡子或是小马。他们真是怪异的一景：穿得花枝招展，排成单列在静穆的森林间行走，不光吓跑了野生的动物，恐怕连雄伟的松树也不胜其烦，要发出惊骇的呻吟。可话说回来，我们这些人和羊又能好到哪儿去呢？

我们在落叶松平原（Tamarack Flat）扎营，距离约塞米蒂底端只有七八公里的路了。这里的林间也有一块优质草甸，幽深清澈的溪水蜿蜒而过，浓密的莎草长叶拂水，溪岸被砌成了圆弧或切面。这个平台因此处常见的扭叶松（two-leaved pine，学名*Pinus contorta*）而得名，草甸边缘的凉爽地带扭叶松分布尤其密集。这种松树在多岩

TWO-LEAVED PINE 扭叶松

pinus contorta

石的地带能耐贫瘠，长得低矮而粗壮，大约12~18米高，树径0.3~0.9米，树皮薄，树脂丰富，枝条光裸，雄穗、针叶和球果都较小。然而在湿润、肥沃的土壤上，它们就长得紧密而细长，有些高度可达30米。一棵树干直径仅15厘米的扭叶松，高度通常可以长到15~18米。它纤瘦锐利的轮廓像箭一般，无论形态、名称都和东部的北美落叶松（tamarack）近似，但它们确实是一种松属[1]植物。

7月11日

堂·吉诃德跨上一匹驮马先行探路，去约塞米蒂以北寻找建中心营地的最佳地点。再高的地方我们去不了，虽说那里的牧场远比这一带都要好，但积雪还很厚。把营地定在约塞米蒂地区让我格外高兴，我可以尽情地沿着外围的山脊行走，那么多从未谋面的山峦和峡谷，森林和花田，湖泊、溪流和瀑布，我将看见怎样的好风光啊！

我们现在大约在海拔约2100米的高度，夜间很凉，睡觉时必须往毯子上搭好几层衣服才行。落叶松溪（Tamarack Creek）的溪水像香槟酒一样冰凉甜美，令人振奋。溪流水岸完全被掩藏在草丛里，只是无声地流淌。从营地往下走大约几百米，有一片裸露的灰色花岗岩，上面散布着一些大石块，除了石缝中偶然可见的几棵外，整片区域再没有别的树。许多石块非常大，但既不是堆在一起，也不是像垃圾一般散落在历经风霜后分崩离析的碎石间。它们大多形单影只地躺在荒凉的石滩上，烈阳倾洒，反射出刺目的白光，与我们在树荫蔽天的森

---

1. 松属：落叶松属和松属是松科下的两个属。

林里常见的稀薄日光迥然相异。奇怪的是，这些大圆石就这么寂静而荒凉地躺在那儿，附近并不存在可以推动它的力量，视野范围内也不见可以搬动它的机械，从色彩和成分的差异来判断，它们显然来自远方，是被开掘出来后运送到此地，再一一摆放到现在的位置上的，大部分石块在此之后历尽风霜再未挪动过。它们是这片土地上的异乡客，形单影只——这些巨大的石块最大的直径约6~9米，是山体的一小块棱角分明的碎片；是大自然塑造它的风光地貌，雕琢山脉和峡谷时的遗留。它们到底是被什么工具挖掘搬运过来的呢？在花岗岩石面上，我们发现了痕迹。最能抵御风化作用的顽石表层有一道道深刻的平行印痕，说明这一地区曾经被东北方向来的冰川覆盖。冰川侵蚀了山的主体，凿刻、打磨，创造出一种奇异、粗放，仿佛被磨擦过的地貌。等到冰川纪末期，冰川融化，偶然裹挟在冰川间的石块就被留了下来。这真是个奇妙的发现。我们一路经过莽莽森林，下面的土层大概也来自同一条冰川留下的其他冰碛，在后冰川时期的气候条件下，这些遗留物被分解夷平，变成了现在的土壤。

草甸外，这片被冰川碾过的花岗岩往下，就是欢畅的黑松溪上游，它快乐、狂喜、高歌，舞起白水，飞泻的瀑布激起彩虹，一路流向位于约塞米蒂以下几英里的默塞德峡（Merced Cañon），海拔下降900米，行程大约3公里。

汇入默塞德河的每一条溪流都是出色的歌手，约塞米蒂则是主要支流的汇聚地。离我们营地约600米的一个地方可以看到这条著名峡谷的底部，以及它壮丽的悬崖和树林。如果把它比作一页关于山的书，我愿意穷尽一生去阅读。有时看到这山脉的广阔无垠，就会不禁悲叹人生的短暂和无常。不论我们多么孜孜不倦，所习得的知识依旧犹如沧海一粟。但又何必去为那不可避免的浅陋无知而感到羞惭哀伤呢？这些外在的美景始终存在于我们目所能及的地方，那就足以让每一根神经都为之震颤。尽管大自然创造这些景色的方式已经远超我们的认知范围，但这并不妨碍我们沉醉其中。唱吧，勇敢的黑松溪，你这从冰雪源头流淌而来的鲜活溪水，飞溅、盘旋、起舞，奔向命中归宿的大海，一路涤荡、振奋着有生万物。

我尽情享受这伟大的一天，漫步、观察，沉浸在山的感召下，画素描、写笔记、压花卉标本，畅饮新鲜氧气和黑松溪水。我找到了洁白芬芳的华盛顿百合，那是山地百合中最精致的一种。也许是为了躲避熊爪的挖刨，它的鳞茎埋在杂乱的灌木密林下。被冬季的积雪压得起伏不平的灌木丛之上，它华丽的圆锥花序迎风摇曳，勇猛硕大的圆头蜜蜂在满是花粉的钟形花朵中嗡嗡忙碌。多漂亮的花啊，值得我饿着肚子、长途跋涉去一睹芳容。在这宏伟的山水中，找到这样一株植物，天地都变得丰富起来。

扭叶松草甸上有一幢木屋，宣告了它对草甸的所有权。去约塞米蒂的游客大幅增加的话，这里将是一处重要的落脚点，行程延误的游人时常选择在此处休整。这里的主人是一位白男人和一位印第安女人。

日暮时分，漫步草甸，远离营地、羊群和一切人类踪迹，我走进古老和肃穆的树林，沉浸在它深刻的宁静之中，一切仿佛都在发光，一如上天那永不消减的热忱。

7月12日

堂·吉诃德回来了，我们启程继续朝圣之旅。他说："从山顶向下俯瞰约塞米蒂溪（Yosemite Creek）那一片，除了石头和几片树林以外什么都没有。但是等你走进那片石头荒漠，就能发现无数长满青草的小片水岸和草地，所以，这一带其实远没有看上去那么荒凉。我们就去那儿，一直待到山上的雪融化成水流下来。"

听说高处的积雪让我们得在约塞米蒂停留一段时间，我高兴极了，我一直想要尽情地把它看个够。我可以画画、研究植物和岩石，可以孤身一人在这条大峡谷的峭壁上攀登，可以远离营地的景物和喧嚣，该有多快活！今天又见到一队去约塞米蒂的游客，这些人似乎对身边的壮丽景观毫无感觉，却愿意花大把的时间和金钱，忍受长途骑行来参观这处峡谷名胜。不过等到他们真正置身于这圣殿庄严的厚墙内、聆听瀑布的唱诵时，他们就会浑然忘我，变成大自然虔诚的信徒。在这神圣的群山之间，每一名朝圣者都会受到祝福。

我们沿着莫诺小道（Mono Trail）缓慢地往东走，正午过后不久，便到了小瀑布溪（Cascade Creek）岸边，在那里卸下行李，扎起营地。莫诺小道翻山越岭，经布拉迪峡山口（Bloody Cañon Pass）通往莫诺湖（Mono Lake）北端附近的金矿区。据说这些金矿在刚发现时蕴藏丰富，引发了大规模的淘金潮，因此逐渐走出一条莫诺小道。于是，人们在河床松软无法涉水的溪流上搭起了小桥，倒下的树木被截断，又在密林间开辟出宽度足以通过笨重行李的小道，但大部分路段都维持着原貌，几乎没有挪动一块石头、铲起一锹土。

我们穿越的树林几乎完全由红冷杉组成。随着海拔的升高，之前与之相伴而生的白冷杉基本都被留在了下面，迷人的红冷杉对高度的提升适应良好。任何语言都无法准确描述这种伟岸的树。这里的土壤主要是由冰碛物风化瓦解而来，由于沙质土壤过于松软，无法牢固地固定树根，有些树林被肆虐的暴风雨吹得倒伏遍地。

裸露的乱石地上，绵羊挑舒服的地方随意躺着，安静满足地反刍青草。晚餐还没做好，我们的食欲一天比一天旺盛。生活在低地的人无法理解山中人的胃口，也想不通那一大堆邋里邋遢的油腻食物怎么可能被吃下肚。我们进食、赶路、休息，每天都兴致勃勃，早上起来时，我都会冲动地想要像打鸣的公鸡一样纵声喊叫。山里的睡眠和消化像空气一般单纯，今晚我们将有丰厚柔软的芬芳松枝铺成的床，还有小瀑布溪的歌声在耳旁催眠。这条溪水真是太名副其实了，我从营地出发，上下溯溪而行，它总是在跳跃起舞，一路都因落差而激起白色的水花，直到最后纵身一跃，飞泻近百米，落入黑松溪瀑布附近的约塞米蒂谷底，再往下几公里就到了峡谷极深处。这些瀑布几乎可以媲美声名更为显赫的约塞米蒂瀑布。水流冲泻的欢乐歌声令我永难忘怀，低沉的轰鸣、澎湃的咆哮，那些激荡起的水雾映出七彩霓虹，下面冰凉的溪水欢腾地奔涌，变幻出各种形态，激起银铃般的碰撞声；寂静的深夜里，水流在黑暗中犹如一道白练，多重声部的合唱更加庄严感人。我在这里见过一只美洲河乌，它们凫水的姿态就像密林中的朱顶雀一般悠闲自在。溪流越是喧闹，它们就越是兴奋。在令人目眩的绝壁上，陡直的瀑布身姿迅捷、俯冲而下，激荡出令人心生敬畏的雷鸣声，那是大自然万钧之力的示威，但这种小鸟却一点都没有心生恐惧。它的歌声悠扬低沉，在沸腾的喧嚣中飞舞的姿态充满了力量、安宁和喜悦。这些大自然的宠儿把巢建在野性的溪流旁，看着它们从笼罩在水雾中的巢里振翅而出，我想起参孙的谜题——"甜的从强者出来"。[1]比起漩涡激荡的水潭里雪白的水花来，这种小鸟是更为精美的花朵。温柔的小鸟，你带给我珍贵的信息，我们或许错过激流的启示，但在你甜美的声音里，可以听到爱。

7月13日

今天往东进入约塞米蒂溪盆地，距离峡谷底部还有近一半的路程。我们选了一块被冰川打磨过的花岗岩扎营，今晚可以睡在很坚实的床上。路上我们发现了一只熊的踪迹，看样子是个大家伙。堂·吉诃德和我们简要地谈起了熊，我说我想亲眼看看那个留下这么大的脚印的家伙，看看它行动的模样，悄悄跟着它走上几天，更深入地了解这种荒野中的庞然大物的生活。堂·吉诃德告诉我，生在低地的羔羊从没见过熊，也没听过熊的声音，但它们闻到熊的味道就会喷着鼻息惊惶逃窜，这说明它们从娘胎里就继承了关于天敌的丰富经验。猪、骡子、马和牛也怕熊，如果有熊靠近，它们就会陷入恐慌，根本管不住，猪和骡子反应尤其剧烈。在海岸山脉（Coast Range）和内华达山脉附近有一块橡实丰富的区域，农人们经常将猪赶到山麓的牧场去觅食，成百上千只一群，就像放羊一样。一旦有熊靠近牧场，它们会马上成群结队地离开，而且这种事通常都发生在夜里，牧人根本无法阻

---

1. 参孙：Samson，《圣经·士师记》中的大力士。原文出自圣经中的《旧约·士师记》，全句为：吃的从吃者出来，甜的从强者出来。(Out of the eater came something to eat, and out of the strong came something sweet.)

止。所以说，它们比绵羊聪明得多，后者只会散落在岩石和灌木丛中听天由命。骡子一看见熊，不管背上有没有人，都会一溜烟疯跑，如果被拴在木桩上，有时甚至会为了挣脱缰绳而拧断脖子。虽说如此，我倒并未听说过熊杀死骡子或马的故事。至于猪，据说是熊特别喜爱的猎物，它们能把小猪连皮带骨囫囵吞下去，根本不讲究部位。德拉尼先生特地安慰我说，内华达山脉里的各种熊都很害羞，猎人想要走进射程远比接近一头鹿或是山里的其他动物都要难得多。如果我真想看仔细，就应该像印第安人一样，用无尽的耐心去等待和观察，其他什么都不要去想。

夜幕降临，灰色岩石形成的起伏波浪在暮光中逐渐黯淡。这一带显得如此粗犷而年轻。营地所在的这片坚实的花岗岩上，冰川留下的刻痕十分清晰，仿佛横扫而过的冰层昨天才刚刚消退。在最光滑的地方，马匹、绵羊和我们所有人都曾经溜倒过。

7月14日

山的气息让人睡死过去，又让人迅速醒来投入到崭新的生活。这是个宁静的黎明，天空满是黄色和紫色，然后突然被金色的阳光充塞，天地万物都在兴奋跃动、焕发光彩。

大约走了一两个小时，我们到达约塞米蒂溪——约塞米蒂地区每一条宏伟瀑布的共同来源。在莫诺山道渡口，水面大约12米宽，目前平均深度约1.2米，流速约为每小时4.8公里。再往前3公里是约塞米蒂峡谷的外壁，溪水将从那里飞流直下。眼前的溪流沉着、美丽、缄默，水平缓地流动，沿岸长满了瘦高的扭叶松，还有一条由柳树、紫色绣线菊（spirea）、莎草、雏菊、百合花和耧斗菜组成的饰边。莎草叶片和柳树枝条浸没在水中，树丛繁茂。灿烂阳光下，有一片流水荡涤过的砾砂平地，应该是由远古洪水冲积而成。无数红色百金花（erethrea）、苞蓼属植物和芒苞蓼（oxytheca，又名round-leaf puncturebract）覆盖在沙地上，花比叶更繁盛，织成了一片生长不息的花毯。散布其间的一丛丛伞石薇在花毯上或是点出梨涡，或是泛起涟漪，或是勾出褶边。花带后面是一块坚硬的花岗岩，起伏和缓地向上延伸，好些地方被冰川打磨得锃亮，在阳光下像玻璃一般熠熠闪光。低浅的山坳里生长着几片树林，大部分是扭叶松，在土层稀薄，甚至没有土壤的艰苦环境下形容枯瘦。此外还有几株矮壮的刺柏，它们的树皮呈浅黄褐色，叶子为灰色，大多单株独立生长在烈日暴晒的石板上，不怕火烧，只靠少量根系附着在地面。它们是树木中久经风雨考验的登山家，暴露在烈日和冰雪下，在恶劣的环境下坚强而健康地生长了千年。

爬到盆地最上端，可以看见一座座半圆状山丘耸立在连绵起伏的山脊上，几处别致生动的山岩酷似城堡，深色的条块是银冷杉林，说明那里沉积着肥沃的土壤。要是有时间去深入研究就好了。如果能进行一次远足，深入这个形状完美的盆地，我将会有多少收获！那些冰川镌刻的碑铭和雕塑是那么不可思议，会有多少伟大的秘密值得我们去探索！壮丽的群山才刚刚显露它的崇高，我就已经激动得浑身发抖。但我能做的也只有凝望和赞叹，然后像个孩子一样，随意拣几朵百合，在心中模糊地希冀有朝一日能去那里探索学习。

赶羊过溪可把赶羊人和牧羊犬折腾坏了。溪流上没有桥，只能蹚水过去，这是目前为止羊群蹚过的第二大河，最大的一条是鲍尔洞附近的默塞德河北支流。人在喊，狗在叫，那群怕水的动物被赶到岸边，可怜巴巴地挤成一团，却没有一只敢下水，全都堵在河岸上。堂·吉诃德和牧羊人冲进被吓坏了的羊群里，想把前面的羊赶下水，但羊群受惊后只会散开往回跑，穿过溪岸的树林，在崎岖的岩石路上散布得到处都是。在牧羊犬的帮助下，跑散的羊又被集中到一起面对溪水，随后这支队伍又被再一次冲散。咆哮和吠叫声惊扰了溪流，打断了瀑布的歌声，那本是来自天南海北的访客都悠然聆听的音乐。只听见堂·吉诃德在高喊："把它们拦在这里！那边也拦住！——前面的羊很快就要受不住了，它们会乐意下水的，跟着所有羊都会往下跳，很快就能过河了。"然而，羊群并没有照他的话做，它们在驱赶下散成几十只、几百只一群，将美丽的河岸践踏得一片狼藉。

只要有一只羊过河，其他羊都会赶着跟上，可就是找不到这领头的一只。我们逮住一只羊羔，带着它蹚过水、系在河对岸的灌木上，让它隔着溪流凄惨地呼唤自己的母亲。母羊尽管心焦，却只是叫着回应，还是不肯过河。母子亲情这一招不管用，我们担心可能得赶着羊绕道，连续跨过几条支流才能到达对岸。支流的水面宽，水深也浅，但这得多花好几天。不过这也不是没有好处，我正想去看看这条著名溪流的几个源头。然而，堂·吉诃德决定，羊群必须要在这里过河。主意一定，他立刻展开了围攻，砍下河岸上细瘦的松树，搭建一个大小刚够塞下所有羊的畜栏，面对溪流一侧敞开，他认为这样就能轻松地将羊群赶下水。

几个小时后，畜栏竣工了，傻羊们都被赶进去，摇摇欲坠地压在溪岸边。堂·吉诃德在挨得紧紧的羊群中挤出一条路，凭蛮力拎起几只被吓坏了的羊扔下水，可这些倒霉鬼还是不肯过河，只会在岸边游来游去，拼命想要回到岸上的羊群中去。陆陆续续又有十多只羊被赶下水，然后堂·吉诃德自己也跳下去，他又高又瘦像只鹤，而且是只本领高强的涉禽。他跟在落水的羊身后，抓住一头死命挣扎的阉羊，将它拖到了对岸。可他刚一放手，阉羊又掉头向着畜栏里惊恐的伙伴们游回来，羊的天性像地球引力一样顽固，恐怕潘神[1]吹着他的笛子也无能为力。我们毫无办法，这些傻羊宁死也不肯过河。浑身湿透的堂·吉诃德召开会议，宣布现在只有饿着这些羊一条路可走了，我们可以先在这边扎营休整，让那些畜生在畜栏里挨饿受冷，如果它们有脑子的话，总会想通的。这样被晾在一旁也就几分钟，最前排就出来一个冒险家，它一头扎进水里，勇敢地向对岸游去。突然之间，所有羊都下了水，在水下互相踩踏，乱成一团，我们拦都拦不住。羊群在水里扑腾喘气，有些呛了水，有些快要被淹死了，堂·吉诃德直接跳进最混乱的一团中，把羊当作漂在水面的圆木一般左推右搡。水流也帮忙冲开了羊群，落水的羊很快就排成了一支弯弯扭扭的长队，只花了几分钟就全部爬上对岸。上岸后的羊又开始咩咩叫唤，四处觅食，仿佛之前什么事都没发生过。竟然没有一只羊被溺死，这真是奇迹。我本以为有好几百只羊会有浪漫的结局——随溪流跃下世界上最高的瀑布，一直进入约塞米蒂。

这一天真是累坏了，我们把营地扎在距离渡口不远的地方，让

---

1. 潘神：Pan，希腊神话中的牧神。

湿淋淋的羊群散开吃草，直至日落。羊毛已经干了，咀嚼声中，宜人的河岸一片宁静，完全看不出白天曾经历过一场水战。我现在才认识到，人们赶鱼出水所花费的力气远小于赶着羊群们过河。绵羊的脑子一定小得可怜。鹿能够安静地游过宽阔湍急的河流，在海洋和湖泊的岛屿间迁徙；狗也具备这样的本领。据说松鼠也会挑选一块漂浮物，用尾巴当帆自如地驾驭风向，横渡密西西比河（Mississippi River）。和它们比起来，绵羊简直不配被叫作动物，一只就够傻，一整群也不会更聪明。

第五章

约塞米蒂

The

Yosemite

7月15日

我们沿着莫诺山道往上直到盆地东缘的最高点附近，再向南折进一条直通约塞米蒂边缘的低浅小峡谷。正午左右我们到达这里并开始扎营。午饭后，我迫不及待地攀上高地，在印第安谷（Indian Cañon）的西侧山脊上看到了有生以来见过的最为恢宏的群峰画卷：整个默塞德河上游流域几乎尽收眼底，庄严的半圆峰、峡谷、向上延伸的黑色森林、排成一列的耀眼雪峰直刺天空，一切都在发光，充满感染力的美如同火焰散发的热力照进我们的骨肉。阳光普照大地，没有一丝风惊扰眼前深邃的宁静。这是我所见过的最壮美的风光，山之美的崇高与丰富浩瀚无际。我无法向那些未曾亲眼看见的人讲述眼前的景象，即使堆砌出最华丽的辞藻也无法描摹它庄严雄伟的灵魂之光。狂喜中，我手舞足蹈，放声高喊，把圣伯纳犬卡洛吓了一跳。它冲过来，智慧的眼睛满是迷惑，滑稽的模样让我恢复了理智。一头棕熊大概也是我的观众，因为我还没走多远，藏身在浓密的灌木丛中的它就被吓跑了。它跑得很快，显然把我当成了危险的信号，吓得在乱麻一般的熊果林中连滚带爬。卡洛躲在后面，耳朵紧紧贴着脑袋，似乎有些害怕。它不停看我的脸，似乎在等我追上去开枪，在猎熊方面，它可是久经沙场的老将。

沿平缓上升的山脊往南，我终于来到了矗立在印第安谷和约塞米蒂瀑布间的那堵巨大的悬崖上。站在这里，闻名遐迩的峡谷突然闯入视野，几乎一览无余。峭壁被雕琢成无数形态各异的半圆峰和三角峰，有尖顶，有城垛，还有平坦的光壁……每一座峭壁都应和着雷鸣般的瀑布流水声微微震颤。平坦的谷底被装扮得像座花园，一片片阳光充沛的草场、一丛丛松树和栎树林广布其中，怜悯之河[1]浩浩荡荡从中扫过，在阳光下反射着耀眼的光。所有岩壁中最引人注目的一座——雄伟的提斯雅克（Great Tissiack），也就是半圆顶山（Half-Dome）在上游峡谷底部拔地而起近1600米，庄重均衡，恍若有生命，见者无不心生敬意，虔诚膜拜。人们在瀑布前，在草场上，在远处的山中一遍又一遍地回望那奇迹般的石壁，惊叹它令人眩晕的高度和鬼斧神工的形态，惊叹它的历久弥新。它们在蓝天下屹立了千万年，经历过雨雪冰霜、地震雪崩，却仍然保持着青春的容颜。

我沿着峡谷边缘往西信步而行，悬崖的大部分边缘都已经被岁月磨圆，很难找到能从上到下俯瞰石壁的位置。我好不容易找到一处，小心翼翼地站上去，身子挺得笔直，心中不由担心脚下石头滑落，会把我摔下去。从900多米的高处坠落，我必将尸骨无存！可我的手脚丝毫不抖，对它们我委以完全的信赖。唯一需要担心的是一小片花岗岩，那上面已经有些和岩壁平行的裂缝了，很可能会断裂。从那个风

1.怜悯之河：即默塞德河，英文Merced River和怜悯Mercy一词相近，此处以the river of Mercy代称默塞德河。

景如画的地方下来，我因目之所及的景色而亢奋不已，但我还是告诫自己："再也别站到悬崖边上去了。"可面对约塞米蒂的美景，一切小心谨慎都如耳旁风。在它的魔力下，人的身体仿佛具有独立意识，会自由行动，理智几乎毫无控制力。

沿着这段令人难忘的悬崖走了1.6公里左右，我找到了约塞米蒂溪，欣赏它以闲适、优雅、自信之姿在狭窄的沟壑里奔涌向前，唱着最后的山之歌迎向自己的宿命——掠过几段闪亮的花岗岩，然后碎裂成雪白的水沫飞流直下近800米，进入一个新的世界，之后，它将迷失在默塞德河流域——一个气候、植被和居民都大相径庭的新天地。流出最后一道山峡后，它会像宽阔的花边一般沿着平缓的下坡快速流进一口池塘，稍做歇息，等待躁动的灰色水流平复，为随后的纵身一跃做准备。它缓缓淌过池塘边沿，滑过又一道光滑的下坡，带着加速度来到险峻的悬崖边上，怀着郑重的宿命般的信任，跃进空中自由下坠。

我脱下鞋袜，沿着湍急的溪水小心地往下游觅路，手脚紧紧扣住滑溜溜的岩石。水声几乎就在我的头旁边咆哮轰鸣，刺激非常。我本以为这道下坡会终止于峡谷垂直的崖壁顶端，那样的话，站在比较平缓的沙砾层尽头就可以探身向前看清瀑布一泻到底的形貌和姿态，结果却发现前方有一道小凸壁挡住了我的视线，那里过于陡峭，凡人实在难以立足。仔细搜索了一番，我在凸壁的最边缘处发现了一条狭窄的平台，大约7.6厘米宽，刚够容下一只脚跟。但是要到达那里必须绕过险峻的凸壁，乍看几乎无路可寻。查看再三，我终于在距离激流有一段距离的地方找到了一片边缘不规则的薄岩。如果要走到悬崖边缘，这块石板粗糙的边缘是唯一的助力，上面也许有可供手指扒住的点。它旁边的斜坡看上去光滑陡峭，相当危险，那些在我头顶、脚下和身边奔腾不息的激流也极其考验人的神经。我的大脑决定放弃，身体却还是不由自主地走了过去。旁边的岩缝里长着几丛蒿草（artemisia），我摘了几片苦涩的蒿叶塞进嘴里，希望能靠它们提神醒脑，防止眩晕，然后就以前所未有过的小心和谨慎安全挪到了那一小块凸出岩壁的石板上，脚跟稳稳地踩在上面，平移大概6~9米后，终于来到飞挂在峭壁外的水流旁。才下坠了短短一段距离的水流已经变为白色，站在这块石板上，我有着完美的、可以毫不受阻地俯瞰瀑布走势的视角——瀑布坠落后不久就被岩石切割成一束束轰鸣着的雪白水流，宛如拖着长尾巴的彗星。

站在狭窄的落脚点上，我丝毫没有意识到危险。瀑布磅礴的形貌、声音和动态都近在眼前，止住了一切恐惧。在这样的地方，人的身体自会下意识地保全自己。我不记得站在那儿看了多久，后来又是怎样回来的，只知道度过了一段辉煌的时光，天快黑时才回到营地。凯旋的兴奋刺激过后是接踵而至的沉闷和疲惫。从此往后，我要尽量避开这样令人放纵和紧张的地方。但这一天绝对值得。这是我第一次眺望内华达山脉高处，第一次俯瞰约塞米蒂，第一次倾听约塞米蒂溪的离歌，第一次目睹它飞跃千仞峭壁，每一幕风光都是一生难得的财富。这是所有日子里最难忘的一天，快乐得可以让人为之赴死。

7月16日

一宿没睡好。昨天下午的快乐，尤其是站在瀑布头上的体验太刺激了，让我在夜间依旧会因为神经紧张而屡屡惊醒。半梦半醒间，总觉得我们扎营的山发生了塌方，就要坠入约塞米蒂谷。我拼命想清醒，想摆脱幻觉重新安睡，可过于紧张的神经让我一遍又一遍梦到自己被抛入空中，身下是崩塌的流水和岩石。有一次，我甚至跳了起来，口中还在感叹："这是真的了——万物终有一死，登山者倒在这里才叫死得其所！"

天一亮，我就离开营地往东去。穿过印第安谷上部，森林里都是红冷杉，林下灌木大部分是混杂生长的山地美洲茶和熊果。山地美洲茶多刺，由于要抵御雪压所以长成了稠密的一大片，熊果枝条则极其虬曲坚硬，令人难以通行。从峡谷上部途经北圆顶（North Dome）进入圆顶盆地，也就是豪猪溪（Porcupine Creek）流域。这里的树林中镶嵌着许多优良的草场，被高山百合和其他野花点缀得十分热闹。此处海拔约2438米，似乎是高山百合的最佳生长地，有些比我头顶还要高出30~60厘米。从这里眺望，高处的群山和南圆顶（South Dome）都更加壮美，后者号称是世界上最雄伟的岩石。这说法也许没错——它的体量和鬼斧神工确实庄严无比，是一座令人震撼的纪念碑，不仅线条精细，且规模宏大，仿佛一件具有生命的美妙艺术品。

7月17日

今天的新营地在一片美丽的银冷杉林中，位于一条经由印第安谷流入约塞米蒂的小溪源头。我们计划在这里驻扎几周，从此出发去探索大峡谷和其中的众多溪流的源头再合适不过了。我可以终日尽情写生、制作植物标本、研究这里奇妙的地形和与我们比邻而居、无忧无虑的野生动物们。我分外确信这几日我将生活得舒心愉悦。还有远处那广袤的群山，我什么时候能去看看呢？我有机会踏足其中，在那里住上一阵子吗？

正午前下了一小会儿暴雨，轰响的雷声在山峦和峡谷间来回滚动，近处有雷劈过，尖利得连周围紧张的空气都嗡嗡作响，远处山脉的顶峰在云带和雨层中若隐若现，分外壮观。暴雨过去，经过冲洗的新鲜空气中满是花田和树丛的芬芳。约塞米蒂的冬季风雪想必同样壮阔，但愿我有一天能看到！

我在新营地铺好了床，松软舒适，还带着好闻的清香。床垫大多用红冷杉枝叶铺成，枕头里塞了各种香花。希望今晚能睡个好觉，不再有没完没了的噩梦打扰。今天观察到一只鹿咀嚼鼠李叶片和嫩枝的样子。

7月18日

昨晚一夜酣眠。峡谷的峭壁在我视线里不再显得摇摇欲坠，可我还是觉得自己站在悬崖边缘，身边是跌落的雪白瀑布，半梦半醒间，这种感觉尤为逼真。没想到躺在安宁的树林怀抱间，在距离瀑布1.6公里的地方，我却开始对上次的冒险感到后怕了，这比真正站在悬崖边还要折磨人。

根据脚印判断，熊大概是这里的常客。临近正午，又是一场伴着惊雷的暴雨，金属撞击般的清脆霹雳声连绵回响，再渐渐没入远方低沉的滚雷闷响中。有几分钟大雨如瀑，随后下起了冰雹。有些冰雹直径足有2.5厘米，冰凉坚硬，形状各异，和在威斯康星州经常见到的很像。卡洛看着冰雹敲打鞭挞下晃动不已的树枝，既惊讶又兴致勃勃。此时的云景壮美至极。下午平静晴朗又清透，杉树、山花和蒸腾的地面散发出清新的气息和芬芳。

7月19日

看破晓，看日出。浅淡的玫瑰色和紫色天空渐渐转变成明黄色和白色，阳光穿过山峰间的垭口照在约塞米蒂的圆顶山上，勾出灼灼如火的金边；中央地带银冷杉的锥顶也熠熠生辉；我们驻营地附近的树林也在清晨的光焰下兴奋地震颤。万物觉醒，充满喜悦。鸟儿开始侵扰数不清的昆虫，鹿悄悄躲进灌木林中的荫蔽；晨露消散，花朵舒展开柔瓣，天地间的每一次脉搏都清晰有力，每一个细胞都欢欣鼓舞，连岩石都仿佛拥有了鲜活的生命，整个世界就像一张热情洋溢，容光焕发的脸。湛蓝的天空在地平线上方变得浅淡，宁静地覆盖着大地，像柔顺低垂的巨大花朵。

正午前，大朵厚实的积雨云在森林上方升起，大雨滂沱倾洒而下，惊心动魄的场面令我大开眼界。划破天空的银色之字形闪电长得不同寻常，雷声震耳，轰隆凌厉，如万钧集于一点，仿佛每一击都能将整座山劈得粉碎，能量骇人。但据我在附近漫步观察的经验来看，这种情况下实际只有几棵树会被击中，横七竖八倒在地上。最终，响彻天空的雷霆变成了低沉的闷响，翻滚着进入群山深处，回响连绵，越来越轻，仿佛终于找到可以安歇的家园。紧接着，又是一声暴雷，或者说是震裂一击，也许正好落到某棵巨松或巨杉树上，将它从头到脚劈开，炸得木条和碎屑飞溅。雨终于下来了，同样地酣畅淋漓，高低起伏的大地处处都在淌水，峰峦沟壑仿佛蒙上了一层肌肤般贴合的透明水膜，岩石熠熠发光。雨水在沟壑中汇聚，溪流暴涨，一路呼喊轰鸣，和雷声遥相呼应。

追溯每一颗雨滴的历史一定饶有趣味。我们知道，从地质学角度来说，第一滴雨落在新生的内华达山脉寸草未生的大地至今的历史并不长。可现在的雨滴将要经历的旅程已经大不相同了！它们落在如此美丽的荒野上，几乎每一颗都能找到迷人的落脚点——山巅、闪亮的花岗岩石板、雄伟光滑的圆顶山、森林、花田和灌木丛生的冰碛堆……它们自由飞溅，闪烁着晶莹的亮光，雨滴在落地的那一刻啪嗒作响，洗涤着目之所及的一切。有些落在高山的积雪上，让雪层变得更加丰厚；有些落在湖泊中，清洗这些大山的窗户，在它平滑如镜的水面上敲打出梨涡、气泡和水雾；有些则落在大小不一的瀑布里，仿佛急着加入它们的舞蹈和歌唱，将它们激起的水沫拍打得更加细腻。这些快乐的山雨运气好，工作也完成得出色，它们每滴都是一个从天而降的小瀑布，从云山的峭壁和峡谷来到岩石的峭壁和峡谷，伴着天上的雷声加入奔泻轰鸣的河流。掉落在草场和沼泽上的雨滴无声地消失在草根下，雏鸟归巢般地隐匿起来，它们悄悄滑进土里，流动、渗透，一路寻找机会完成自己的使命。有些雨滴顺着树林的尖顶游走，在闪亮的松针尖端簌簌滑落，被筛成细碎的水沫，向沿途的每一棵树木低述祥和与祝福的细语；有些雨滴正巧挂在石英、角闪石、石榴石、锆石、电气石、长石等各种晶体的表面，拍打在金粒和饱经沧桑的金块上，一颗颗快乐地闪着光；有些雨滴粗重地打在藜芦、雨伞草和杓兰的阔叶上，啪啪作响，仿佛低沉的鼓声；还有些幸运儿直接落入花冠中，亲吻着百合花的柔唇。雨滴们要走多远？要注满多少朵花冠？大的、小的、细微到看不见的……有的花只能盛下半滴雨，却和山峰间的湖泊一样享受着同等的柔情眷顾与呵护。它们落入河流湖泊、花田树林、峡谷山峰，滂沱大雨中的每一滴都如同一颗新生的银色星星，它们纯净得让天地万物都反射出澄澈的光芒。它们是上帝派出的信使，是爱的布道者。它们壮丽而庄重，所展示出的力量让人类最伟大的行为也变得荒谬无稽。

雨过天晴，最后一重滚雷也在山峰上耗尽了力气。雨滴们现在去了哪儿呢？那些闪亮的雨水怎么样了？有些已经匆匆化为蒸汽回到了天空；有些进入植物，渗进细胞壁无形的大门；有些被锁进晶莹的冰层；有些进入了岩石的晶体；有些进入了多孔的冰碛堆，让里面的涓涓细流得以持续；还有些加入了河流的旅程，向着海洋奔去，去和更大的雨滴汇合。它们千姿百态，各有各的美，永远在变化，从不停息，每一滴都带着爱的热忱匆匆奔赴前程，和天上的星辰一道，唱着关于造物的永恒之歌。

7月20日

晴好的早晨，空气清爽，充满张力，没有一丝风。一切都在闪闪发亮，岩石上湿淋淋的晶体、植物上的蜜露，全都承接着霓光流转的露滴，就好像动物分到了今天的早餐。它们的雨露大餐就像无数颗小星星，从满是繁星的天空降下来。这些细小的水珠太神奇了，像野草一样在黑夜中悄然滋生，千万粒细微的分子才能汇聚成一滴。要让这片荒野健康苗壮地生长，大自然需要花费多少心血！降雪、降雨、降露水，还有汹涌澎湃的光和看不见的蒸汽、云彩、风、各种天候，以及植物之间、动物之间的交互作用，工作繁杂得简直无法想象。可大自然的手法又是多么精妙！美好与美好重叠交织，难以计数。地面上铺撒着岩石，岩石上覆盖着苔藓和地衣，上面是如茵的绿草和野花，再往上是层层叠叠的叶片，变幻多彩，千姿百态，杉树宽阔的枝叶覆盖在最上方，而蔚蓝的天穹像一朵垂首的钟形花笼罩大地，天外的星辰之上还有星辰。

远处就是南圆顶，山顶在营地之上，山脚在我们之下约1200米。这是一块雄伟的岩石，看起来高深莫测，通体流溢着生命之光，一点不像死气沉沉的石头。它的内在充满灵性，不沉重，亦不佻挞，在宁静的力量中坚定如神祇。

我们的牧羊人是个怪人，和这片荒野格格不入。他把床安在畜栏南墙上的一根圆木旁，下面满是红色的腐朽木灰。他穿着永远不换的衣服躺在上面，裹一床红毯子，呼吸间吞吐的不仅有腐木灰，还有畜栏中的扬尘，看来白天吸饱了烟叶他还嫌不够，晚上还打定主意要吸一宿氨气。平日里，他就跟在羊群后面，皮带一侧挂着一把沉重的六发式左轮手枪，一侧挂着当天的午餐。刚刚出锅的肉就被他这么挂在腰间，晶亮的肥油和肉汁渗过陈年的布料，顺着右胯和右腿滴滴答答往下淌。随着他坐下、翻滚、躺在圆木上休息时跷起二郎腿等各种姿势，这些油腻又被沾染到全身仅有的几件衣服上，涂抹均匀，使得衬衣和长裤都泛着光泽，甚至还能防水。尤其是那条吸饱了油脂和树脂的长裤，上面不仅有松针、薄膜、树皮纤维、毛发、云母片以及石英和角闪石粒等形形色色的东西，还有羽毛、翅果，飞蛾和蝴蝶的翅膀、腿，无数昆虫的触须，甚至还有整只的小甲虫、蛾子、蚊子，再加上花瓣、花粉，各种植物和当地蕴藏的各种矿物都牢牢地镶嵌在上面。所以，虽然不是什么自然学家，他身上却收藏有万物的碎片，富有得连他自己都想不到。不仅如此，得益于纯净的空气和柔软的树脂基底，他身上的样本还相当新鲜。一个人就是一个微观世界，这句话用在我们的牧羊人身上，更准确地说，用在他的长裤上十分准确。他这身宝贵的外皮从来不脱，也没人知道他到底穿了多久，不过或许可以根据它的厚度和油脂晕染出的环状同心结构推测一番。他的衣服不会被磨损得逐渐稀薄，反倒越穿越厚，而且从分层来看找不出明显的地质时期特征。

牧羊人比利还同时兼任屠夫，我则认领了洗刷几样铸铁和锡制餐具以及做面包的工作。等日常任务完成，太阳爬上山顶，我已经超过羊群，纵情在荒野中，享受这神仙般的日子了。

在北圆顶上写生。除了几座高山，这里几乎可以将整个峡谷尽收眼底。我很想把目所能及的每一块岩石、每一棵树、每一片叶子都画出来，但我能做的只是勾出轮廓，再加上一些只有我自己能理解的说明，除此之外，能做的并不多。尽管如此，我还是削尖了铅笔，努力描绘，假设也许有人对我的作品感兴趣。至于这些画稿会作为信件送到朋友的手中，还是像落叶一般消逝其实并没有多大区别。没见过类似风景的人反正都不会明白，荒野是一门语言，需要学习才能懂得。这里没有苦痛，没有空虚无聊，无须纠缠过去，也不必惧怕未来。这片神佑的群山遍布神赐的美丽，人类琐碎的期冀和经验在这里根本没有立足之地。饮下它如酒的琼浆、呼吸它鲜活的空气就是纯然的快乐，肢体的每一个动作也都是欢愉。置身其间，身体的每一部分都在感受美，就像在享受营火和阳光，它不仅能用眼睛看到，还能像热量一样辐射整个肉体，引发激烈的狂喜，让身体一起发热发光，这体验实在难以解释。这时人的躯体仿佛也因此而变得干净纯粹，如同一整块剔透均匀的水晶。

我像一只苍蝇般停驻在约塞米蒂的圆顶山上，眺望、写生、沉迷，常常陷入痴痴赞叹中，根本没指望做太多研究。我只能满怀孺慕和期待，不懈努力，用永不停息的辛勤劳动来与过去的那个自我告别，并以全新的自己来洞晓神明写在这份手稿中的所有启示。

比起认知或者其他方式阐述，约塞米蒂的壮美更适合去感受。这里岩石嶙峋、树木葱茏、溪流柔婉，但三者构建而成的整体却异常和谐融洽，没有丝毫突兀。高达900多米的光滑悬崖处有茂密如草的高大树木饰边，悬崖底部蜿蜒着一条缎带般的草地，大约1.6公里宽、11~13公里长，就像一片庄稼地，在等着农人马上来收割。无论是150、300还是600米高的瀑布都和雄伟的峭壁如同一体，像缕缕轻烟泼洒倾泻，柔若浮云，但它们的轰鸣却在整个山谷中回响，令山岩也为之震撼。群山也一样，在东方的天空下列阵排开，一座座圆顶山在最前列形成连绵起伏的圆润波浪线，一点一点向上攀升。暗色的森林长在山坳间，巨大、繁茂而又美丽，显得分外安详。它们仿佛要将约塞米蒂圣殿的灿烂辉煌藏匿起来，让它收敛光华，与广阔无垠的周边景物融为一体。每当你想单独欣赏一种景物时，周边环境里的所有其他因素一定会闯进来彰显它们的存在，令你折服。这还不够！看，在暴风雨的引导下，山外又升起一道山，同样的雪峰、同样的圆顶山和同样处在阴影中的约塞米蒂峡谷，山势同样险峻，山体同样庞大，和下面那一道无分轩轾，仿佛一个新造物，俨然又一道白雪皑皑的内华达山脉，一个在雷暴预示中的新世界。大自然爱美的柔情中又蕴藏着一颗激烈而虔诚的狂野之心。它给百合花染上颜色，浇灌它们、温柔培育它们，像园丁般精心照料每一朵花。同时，它又创造出了岩石磊磊的山脉和饱含闪电雨水的云山。我们兴奋地跑到悬伸的崖壁下躲雨时，还可以细细欣赏令人心静的蕨叶和青苔，山岩的缝隙间也生长着大自然的温柔爱意。雏菊和鼠莓都是阳光的孩子，坚定而充满野性，虽然微小，却无所畏惧。看着它们，心灵仿佛也找到了归宿，暴风雨的喧嚣似乎也变得轻柔。太阳从云层中迸出，大地和草木的芬芳随着蒸汽升起；鸟儿飞到树林外围歌唱；西边燃起了金色和紫色的云霞，日落仪式即将开启。我往营地走去，带着笔记和图画，但最美好的画面已成为我脑海中的梦境。多么充实的一天，让人忘却了它的开始和终结。这是陆上尘世的永恒，是仁慈上帝的赐予。

给母亲和几个朋友写信，都提到了山中见闻。亲友们仿佛近在咫尺，触手可及。离群索居越深，就越不会感到孤独，离友人们也越近。吃过面包喝过茶，用杉树枝条铺好床，和卡洛道过晚安，再看一眼夜空中的点点百合，接下来就可以沉沉一觉睡到下一个内华达山脉的黎明。

7月21日

上圆顶山写生。无雨，正午时分阴，云量大约占天空的四分之一，云影投在溪流源头的雪峰上，美极了；暑热难当的几个小时里，正好有一片云盖在片片花田上遮挡烈日。

　　遇到一只普通家蝇、一只蚱蜢和一头棕熊。家蝇和蚱蜢在圆顶山顶上和我相处愉快，棕熊是在圆顶山和营地之间的一小片花田中见到的，当时它警惕地站在花丛中，好像故意要吓退我。今早，离开营地走了不过半公里，一直在我前面小跑的卡洛好像察觉了什么，突然一个停顿。它的尾巴和耳朵垂下来，见多识广的鼻子往前伸，像是在想："啊，前面是什么？我猜是熊。"它小心谨慎地往前推进几步，落地轻柔得像正在捕猎的猫科动物，随后又四处嗅，似乎在分辨捕捉到的气味。最终它做出了判断，跑回来看着我，用会说话的眼睛向我报告，附近有一头熊。它小心翼翼地领着我往前走，机警得像一位经验丰富的老猎人，决不发出一丁点儿声音，边领路还边回头看看我，好像在悄声说："没错，是熊。跟我来，我带你去看。"我们当时所在的位置正好有光柱从杉树紫色的树干间流泻而下，看来附近就有一片开阔地。这时卡洛绕到我身后，显然确定熊离我们非常近了。我蹑手蹑脚地走到一片狭窄的花田旁，藏身在一块冰碛石较低的一头，差不多确定熊就在这片草场上。我太想好好看一眼这位强壮的登山家了，但又不能被发现，于是我悄悄转移到附近最大的一棵树旁隐藏起来，伸出半个头，透过粗大的树干根部往外看，我的邻居熊先生就在前面，掷一颗石头就可以砸到。它的胯部以下隐藏在高高的花草中，前肢扒在一根倒伏的杉树树干上，这个姿势迫使它的头高高昂起，看上去仿佛直立。它还没发现我，但在用心地倾听察看，看来多少已经察觉到我们的迫近。我仔细观察它的动作，想趁此机会尽量多了解它一些，又担心它看到我后会跑掉。听说这种黄褐色的熊见到人

BROWN BEAR 棕熊

类这种坏家伙一般会跑开，只有在受伤或是为了保护幼崽时才会发起攻击。它警惕地站在阳光下的森林花田中，构成了一幅生动的画面。画面中的那只熊极其漂亮，身形、颜色、蓬松的毛发和树干及葱郁的植被搭配得和谐悦目，仿佛天然就该是风景中的一部分。我从容地看着它往前伸出探询的尖鼻子，宽阔的胸部长毛蓬松，竖直的耳朵几乎完全埋在毛里，脑袋转动起来缓慢沉重。忽然，很想看看它奔跑的姿态。于是，我突然朝它冲去，边挥着帽子边大声喊叫，以为它会吓得立刻逃跑。可它没跑，也没有任何意图想要这样做；相反，它站在原地毫不退让，准备反击自卫，反倒是我慌了。它低下头往前探，眼神锐利凶狠，我突然害怕起来，觉得该逃跑的应该是我。然而我也不敢跑，只好学着熊的样子寸步不让。我们就站在原地互相瞪着对方，肃然无声，中间只隔了大约11米，我心中在疯狂地祈求听过的传说所言不虚：人类的眼神能战胜野生动物。我不知道我和熊剑拔弩张的对峙持续了多久，但最终它慢悠悠地将巨大的爪子从圆木上放下，高傲从容地转过身，踱着步子朝草场那头去了。它时不时扭头看看我是否在后面追赶，再继续朝前走，显然既不怕我，也不信任我。它的体重在227公斤上下，庞大笨重的身躯里满是桀骜的野性，但它又是个四处寻找乐园的快活家伙。我遇见它的这片林间空地野花缤纷，极其迷人，加上画框就是一幅艺术品，是我见过的最美的花田之一，也是大自然珍稀植物的保留地。高大的百合低垂的花冠在熊背上摇曳，老鹳草、翠雀、耧斗菜和雏菊拂过它的身躯。人们会说，这里不像是熊的乐园，它该属于天使。

熊是大峡谷里的王者。它们是幸福的家伙，上千种食物中只要有一种充足，就不会挨饿。它们的主粮一排排列在山上，就像储藏室里的货架，一年四季都可以保证供应。它们从一个货架爬到另一个，四处游荡，上下攀爬，随着季节的变更换着花样品尝，相当于从南到北跋涉千万里去享受各地的美食特产。我很想更深入地了解这些毛茸茸的兄弟，但是当今天早上的那只在我们营地附近出没的熊走出我们的视野后，我还是无奈地回营地去找堂·吉诃德的步枪，打算在迫不得已时能射杀它来保护羊群。幸运的是我找不到它。朝着霍夫曼山（Mt. Hoffman）方向追踪了两三公里后，我向它道了声一路顺风，便愉快地回到圆顶山上继续研究去了。

安全脱身后，我开始回味起这次和熊的邂逅。坐下写生时，家蝇自在地在我身边嗡嗡飞舞。不知道是什么引得家蝇飞上这么高的山，这些体态笨重的暴饮暴食者喜欢人类家居的舒适环境，对寒冷很敏感。它们是如何跨越海洋、沙漠和重重高山这些通常在决定动植物种属上具有重要影响的因素，从一个大陆分布到另一个大陆的？有些甲虫和蝴蝶品种只存在于极小的范围内，同一山脉中的不同山，甚至同一座山的不同区域都可能拥有独一无二的品种。可家蝇似乎到处都是。世上存在完全没有苍蝇的海上孤岛吗？约塞米蒂的树林中还有大量青蝇，它们总是有着一窝窝数量惊人的卵，时刻准备着聚食腐肉。这里也有大黄蜂，无穷无尽的花蜜花粉把它们养得很好。山麓的蜜蜂很多，却还没见到飞这么高的。说来现在距离首批蜂群被引入加利福尼亚不过短短数年。

蚱蜢是又古怪又快活的家伙。它们来山上远足，不知道能爬到多高，但至少和约塞米蒂的游客不相上下。今天下午在圆顶山上遇见的那只让我着迷，它对着我唱歌跳舞，开心万分地自娱自乐，快乐满盈。它一蹦能到6~9米高，然后俯冲下来，又蹦上去，落到低点时还发出尖利的窸窣声，好像在唱歌，嬉闹起来真是劲头十足。它就这样又唱又跳玩个十多遍，然后落下来休息会儿，又开始上下蹦起来。它俯冲和唱歌时在空中划出的弧线就像松松挂着的绳子，上下高度固定好，每一圈的轨迹都大致相同。就对生活的态度而言，我还没见过比它们更勇敢、更真性情、更激烈、更无忧无虑的生灵，无论大小。它们是快乐的山之子，这种滑稽的红腿生灵仿佛是由纯粹精炼的欢乐组成的。能和它们在活力、贪玩和不可遏制的快乐上相媲美的，只有道氏红松鼠。别看这个小家伙怪头怪脑的，它喧嚣的欢呼能让威严的群山也活泼起来，真是太美妙了。大自然仿佛就藏身在它身体里，对一切俗世的烦扰和忧愁都毫不在意，还要孩子气地高喊一声"嘿！嘿！万岁！"我不知道它们的歌声到底是怎么发出来的。它在地面上时毫无声息，单纯地飞来飞去时也相当安静，只有在弧线俯冲时才会唱歌，这一动作似乎需要发声才能完成；冲得越是带劲，就越是需要欢乐的窸窣声提供能量。演出的中场休息期间，我试图凑近去观察它，可它不让我靠近，目不转睛地盯着我，时刻准备着起跳发起战斗。这个小家伙在圆顶山上为我跳的舞就像一场动人的布道，我本以为这里是岩石的讲坛，没想到布道者却是一只蚱蜢。对这位不起眼的布道者而言，这里过于宏伟庄严。可当小小的蚱蜢尚能在大自然唱响如此欢歌，这世上将再不必担忧软弱与屈服的危险。群山的勃勃生机、坚韧和幸福被这个滑稽的小杂耍演员表达得淋漓尽致，就连熊也不能做得比它好。它的生命里没有烦忧，也从不会因为失意而满目萧索。对它

GRASSHOPPER 蚱蜢

—

来说，每天都是节日，等到生命的阳光终于要消逝时，我想它会拥抱森林的大地，像一片落叶、一朵花一样死去。跟叶和花一样，它也不会留下难看的遗体需要埋入地底。

太阳落山，我得回营地了。晚安，三位朋友！棕熊是伊甸园般的美丽树林和花田里充满活力的粗糙巨石；永不安宁的家蝇用薄纱般的翅膀搅动全世界的空气；而蚱蜢，它火花般灿烂的快乐就像孩子的笑声，让莽莽群山都生动活泼起来。感谢你们，感谢你们三位的快乐陪伴。愿世间所有生灵都能得到上天的指引。晚安，三位朋友，晚安。

7月22日

今天早上，一头英俊的黑尾鹿经过营地。这是一头雄鹿，鹿角伸展宽阔，有着令人赞叹的活力和优雅。这些荒野中的动物美丽、强壮、仪态万方，它们由大自然哺育长大，人类在家畜上得来的经验让我们担心这些缺乏照料的野兽会逐步走向退化，但实际上，大自然的抚育和教养方式只会让每种动物成长得出类拔萃。和所有野生动物一样，鹿洁净得像植物。比起跳跃时精力旺盛的力量展示，它们在警醒或沉静时展现出的姿态与神情更加动人。它的每一个动态和姿势都优雅迷人，仿佛在谱写讴歌仪态优雅的诗篇。人们只是将大自然比作母亲，但并不会真把她当作母亲，可她在各种气候环境下、在荒野中呵护她的孩子们时却是那么的贤明、严厉和温柔。每每看到鹿我都想赞叹它们登山的本领。它们凭着均衡持久的耐力进入崎岖坎坷的孤绝之境，走过稠密的灌木林带和倒伏树木纵横、巨石挡路的森林，穿过峡谷，穿过汹涌的溪流和茫茫雪原，永远都那么美丽和勇敢。几乎每一

THE BLACKTAILED DEER 黑尾鹿

块大陆都是鹿的家园，佛罗里达的草原和山丘上、加拿大的森林中、遥远的北方的苔原上都有它们的身影。它们能游过江河湖海，在浪花拍岸的岛屿间来回，也能登上岩石巍巍的高山，无论在何处都体格健壮、本领高强，给每一道风景增色。它们是真正可敬的生灵，是自然伟力的明证。

我一直在为红冷杉画素描，这棵漂亮的树想必有一个发生在暴雪中的故事要讲述。它矗立在营地以东几百米处的一块花岗岩山脊上，高约 30 米，生长在光裸的岩石上，根扎在不足 2.5 厘米的夹缝间，向外鼓出，形成一个基座以承受自身的重量。它的顶部弯折，苍老枯焦，饱经风霜，从折断位置的下方又抽出一根新枝长成了主干。我推测，当它还是棵幼树时，一定差点被一场来自北方的暴风雪压垮在地。新主干的年轮数量早已超过枯枝，从中我们可以知晓那场暴风雪发生的时间。红冷杉的侧枝本来应该环绕树干平行伸展，在这棵树上竟然能够折向上后竖直生长，替代枯死的主干长成一棵新树，这真是奇迹。

这场毁灭性的暴雪在周围许多松树和杉树身上都留下了的印记。有些高达15~23米高的树折倒在地，和草一起被掩埋在雪下。有时整片树林完全消失了，仿佛经过一场扫荡，不留一根枝条和松针，直到春天雪化后才重见天日。然后，存活下来的柔韧幼树重新生长，有些在风向影响下能长成几乎直立的大树，其他的或多或少都有些弯，而那些被折断的树则努力将断裂点以下的侧枝作为主干，培育出一根新的生长轴。这就好比一个腰背断裂的或是被迫变得佝偻的人，原先残破的躯体已经萎缩枯死，从身体的断裂点以下又长出一根笔直的新脊柱，发育成新的躯体，然后在这个躯体上长出了新的手臂、肩膀和脑袋一般。

正午的天空又升起了皓白雄伟的云山，山脊和山脉的线条在无休止地变幻，大自然似乎尤为钟爱这份工作，每天勤勤恳恳地重复无数遍也不厌倦，创造出永远新鲜生动的美景。几道之字形闪电划过，暴雨下了五分钟便渐渐停歇，天又晴了。

7月23日

正午又是云乡美景，其中展现的力与美让人怎么也看不够，却根本无从描述。可怜的凡人该怎么说起云呢？当你想描述它巨大而发光的圆顶和脊线，阴影呈现的鸿沟、峡谷和边缘浅淡的山涧时，它又消失得无影无踪。这些转瞬即逝的天上群山和下界长久耸立的花岗岩群山一样真实可辨。它们都要经历隆起和消亡，在上帝的日历本上，持续时间的长短毫无意义。我们能做的只有在惊叹中幻想、崇拜、礼赞，这种愉悦难以描摹，即使是面对最见多识广、最具共鸣的朋友也不敢提起。令人欣慰的是，不管是固态还是液态、气态，它都不会损失哪怕是一粒晶体或蒸汽颗粒；它们下沉、消散只是为了一次又一次以更美的形态出现。我们的工作、职责和影响力等等俗务已经生出了诸多烦恼，面对云我们至少可以保持静默，就像石头上的一块地衣。

7月24日

正午的云占了半面天空，下了半个小时暴雨，冲刷着这世上最洁净的一片风景。这片土地被清洗得多干净啊！即便是大海也干净不过那些冰川打磨过的花岗岩和山脊、圆顶山和峡谷，还有白浪般的顶峰积雪。天空中最后一片薄云消散，树林变得清新静谧。就在几分钟前，林中的每棵树还在兴奋狂舞，向着咆哮的风暴致敬，像膜拜神灵一般狂热地挥舞、旋转、甩动着枝条。尽管旁人听来，这些树已经恢复沉默，可它们的歌声却从未停息。每一个看不见的细胞都在随着音乐和生命悸动，每一丝纤维都像竖琴琴弦一般颤动，向上天供奉的芳香源源不断地从分泌着香脂的花朵和叶片中流出。难怪说山和树林是上帝的第一座神殿，被砍伐用来建造大教堂和礼拜堂的木材越多，我们离上帝就越远，他的形象也越黯淡。这个道理也同样适用于那些用石头建造的神殿。远处，我们营地东面的树林里就矗立着一座大自然的大教堂，它取材于现成的山岩，经过大自然的劈凿，形状上和人间的大教堂颇为相似。它大约610米高，针叶树的尖顶高耸仿佛教堂的塔楼，在澎湃的阳光下兴奋震颤，如同一座有生命的树林神殿，它的名称也恰到好处——"大教堂峰"（Cathedral Peak）。就连牧羊人比利也要对这座神奇的建筑多看几眼，不过显然他听不见一句岩石的布道。站在上帝创造的美景前却毫无知觉的人，就好比在烈火中拒绝融化的顽雪，实在令人诧异。我努力想劝他到约塞米蒂峡谷的悬崖上去看看，欣赏一下这令世界各地的游客慕名而来的风景，还提出可以替他看一天羊，可他不肯去，哪怕仅仅出于好奇，哪怕我们离那条著名的峡谷不到两公里也不行。他说："什么？约塞米蒂不就是个山谷吗？不就是一堆石头、地上的一个大洞吗——还得担心掉下去——我还是离得越远越好。"我继续劝说："可你想想那些瀑布，比利。想想我们上次渡过的溪水，它能在空中跌落近800米！你想想！还有它发出的声音，你能听见它像大海一样怒吼。"我像一名传教士一样，坚持不懈地对他宣讲约塞米蒂的神奇之处，可他充耳不闻。他说："站在那么高的悬崖上往外看，我害怕。那会让我头晕。再说也没什么可看的，除了石头还是石头，我可看够了。一句话，那些花钱来看石头和瀑布的游客是傻瓜。你骗不了我，我在这一带待得太久了，不会上当的。"或许，这样的灵魂大抵已经沉睡，又或是被平庸的满足和多余的忧虑而蒙蔽和阻塞。

7月25日

又是一片云之乡。世界上有些地方的云彩看上去仿佛熟过头要腐烂了，湿润褴褛，被风撕得破破烂烂，东一条西一块，让天空看起来凌乱不堪。但内华达山区夏日午间的天空却从未出现过这种情况，这个季节的云朵轮廓线流畅分明，曲线形同被冰川打磨过的圆顶山。11点左右，云量增加了，看起来就在我们的高山营地旁边，非常清晰，让人不禁想爬上去，沿着从阴影浓重处喷薄而出的洪流而上去回溯云间的溪流。从那里降下的通常都是瓢泼大雨，逼人的气势比起岩间飞泻的瀑布也毫不逊色。在我的全部旅行经历中，从来没有遇到过比这些正午出现的天上群山更新鲜有趣的事物，它们那微妙的色调、华丽而迅速的增长，还有种种变幻莫测的景物和画面，绝大部分都实在难以描摹，不如索性忘言。看着这些绝美的景色，雪莱描写云的诗句"我筛下雪花，洒在下界的群山"时常涌上我的心头。[1]

1.雪莱，原名Percy Bysshe Shelley（1792-1822），英国作家、诗人。原句选自诗歌《云》（*The cloud*），原文为"I sift the snow on the mountains below."

第六章

霍夫曼山和特亚纳湖

Mount Hoffman and
Lake Tenaya

7月26日

登顶霍夫曼山，海拔约3353米，这是我人生到达的新高度。周围风景壮阔美丽，新的植物、动物、矿物，众多比霍夫曼山更巍峨的高山沿主山脉中轴一字排开，高耸入云，显得祥和而威严，其上白雪覆顶，阳光闪耀。巨大的圆顶山和脊线分水岭熠熠生辉；山坳中森林、湖泊和草甸星罗棋布，湛蓝的天空像悬垂的花冠一般笼罩着大地。如此灿烂的一天就应该去探索新的秘境，大自然仿佛在低声召唤："到高处来！"我心中有太多疑惑，对眼前宏大的展示知晓得又太少，我急切而又卑微地期待有朝一日能了解更多，能领会神在这幅神奇画卷上标下的密密麻麻的符号。

霍夫曼山是主山脉的一条山脊或是侧翼上的最高点，距离中轴大约23公里。它可能是一处地质遗存，在不均衡的侵蚀作用下逐渐浮现，最后被分隔出来形成单体。特纳亚溪（Tenaya Creek）和圆顶溪（Dome Creek）从它的南坡流下进入约塞米蒂谷，北坡下来的溪水一部分注入图奥勒米河，其余大部分和约塞米蒂溪汇合后进入默塞德河。山上的岩石大多是花岗岩，另外还零星分布着几处红色变质板岩构成的小山包和峰林，有些像柱子，有些像城堡，如诗如画。花岗岩和板岩被条条裂缝分割成块，仿佛经过工匠精心雕琢的石雕艺术品，让人想起《圣经》的经文——"他建造了群山。"山上气候凉爽，险峻的北侧山坳里还堆积着厚厚的冰雪，这是约塞米蒂溪海拔最高的源头，终年不绝。南坡的地势平缓得多，较易攀登。一道道狭窄的槽状峡谷垂直从顶峰劈下来，看起来像条条巷陌，这种现象显然是由于底部的山体不够坚固，受到侵蚀后崩塌剥落造成的。人们管这些凹槽叫"魔鬼的滑梯"，可它们的位置远在妖魔横行的世界之上。虽然书里说魔鬼能爬上万仞高山，但它不大可能是登山高手，我们在林带以上的地区几乎见不到它的行踪。

由于长期遭受严酷的风雨摧残，宽阔的灰色峰顶乍一看贫瘠而荒凉，但仔细查看就会发现地面上覆盖着千千万万棵植物，有叶有花，细小得即使只隔几百米就会看不出明显的颜色。湿润的凹坑里，青蓝色的雏菊笑得天真；涓涓细流旁，生长着好几种苞蓼、绢叶鼠莓（silky-leaved ivesia）、钓钟柳（pentstemon）、鹰钩草（*Orthocarpus*），还有一片片美丽的亚灌木报春（*Primula suffrutescens*）。此外，我还找到了线香石南，这是一种开紫花的美丽石南（heathwort），墨绿的叶片和欧石南相似。还有三种我没见过的树——一种长果铁杉和两种松树。长果铁杉是我见过的最美的针叶树，它的枝条和主干都往下垂，姿态奇特而优雅，纤细敏感、随风摇摆的枝条被浓密的叶片整个儿包裹起来。它现在正值花期，低垂的枝条上同时挂着今年的花和去年的球果，棕色、紫色和蓝色混在一起，色彩斑斓，美妙极了。我遇到第一棵铁杉就兴致勃勃地爬了上去，沉迷在它里面。它的花朵弄得我的皮肤痒痒的，雌蕊深紫色，半

THE HEMLOCK 长果铁杉

Tsuga
mertensiana

透明，雄蕊蓝色，纯净鲜明有如山区的天空，在内华达山区所有树种的花朵中艳丽绝伦。这个迷人的树种无论在形态、外观和风姿上都精致柔和、优雅秀美，可它就这样矗立在高山上，直面最猛烈的鞭笞，经受了数百年暴风雨的考验。

另外两种松树也同样久经风雨考验，那就是银叶五针和白皮五针松。银叶五针松是糖松的近亲，但球果只有大约10~15厘米长，我见过最大的一株树干直径约1.5~1.8米，1.2米高，树皮浓褐色。只有几棵饱受风暴打击的冒险者挺进到了山巅。作为林线的构成树种，白皮五针松已经被彻底矮化，松林的高度和被积雪压过的灌木林差不多，抬腿就能跨过去。

当我们在莽莽群山的注视下，陶醉在这座历经暴风雪袭击的空中花园中时，日子是如此的自由自在。令人惊叹的是，大自然里越是蛮荒寒冷、风雪肆虐的山，就越是容光焕发，上面生长的植物也越秀丽。无数鲜花将山巅染成浅淡的彩色，它们不像是从干旱粗粝的沙砾中生长出来的植物，反倒像是一群来亲眼见证大自然慈爱的访客，而我们却在无知和蒙昧中将这个地方称作鬼哭狼嚎的荒野。这看似沉闷而令人生畏的地面上，不仅有丰富的植物，还有各种矿物的晶体在闪烁——云母、角闪石、长石、石英、电气石，五花八门，有几处光芒耀眼得令人目眩。锐利的七彩光芒崩出火光，流光溢彩，它们和植物一起创作出这幅美好而无畏的作品为大自然增辉。每一粒晶体，每一朵花都是一扇向着天堂开启的窗户，一面反射着造物主的镜子。

每一片花田，每一道山梁都令我沉醉。我时而跪在雏菊前凝视它的笑靥，时而穿行在铁杉紫色和天蓝的花朵间不懈地往上攀登，时而又去挖掘积雪下的宝藏，或是远眺圆顶山和尖峰，湖泊和树林，还有图奥勒米河上游那汹涌的冰河，并努力想要把它们画出来。置身于这样的美景中，被它的光芒击穿，我全身都兴奋得颤抖、发麻。谁心里没有一个成为登山家的梦想呢？站在这里比获得全世界的奖赏都更加美妙。

我眼前就是众多冰湖中最大的一个，湖岸风光也最美，那就是特纳亚湖。湖面长约1.6公里，南侧湖水接着雄伟的高山，大教堂峰就在几公里之外，北侧是一层层平缓上涨的石滩和座座圆顶山。往南看，远处雪峰林立，那里是多条河流的源头。波光粼粼的霍夫曼湖（Lake Hoffman）就在我正下方，闪着金光的水旁银叶五针松环绕。向北望，风景如画的约塞米蒂溪盆地里，一口口小湖和池塘波光粼粼，可那些亮晃晃的镜面并不能长久地吸引我的注意力，再引人入胜的风光也比不过主山脉上的万峰云集，山巅白雪和阳光辉映，那才会真正令人难以自拔。

卡洛逮到了一只土拨鼠，这个倒霉的家伙正要从草丛跑回建在岩石堆里的窝。土拨鼠可以说是最能吃苦的山地动物了，我努力想救它却没成功，只得告诫卡洛以后必须注意，不许再杀死其他动物。刚训完卡洛，我第一次见到了鼠兔，这种奇特的小动物也叫小首兔。它会采集大量羽扇豆和其他植物，将它们摊在阳光下晒成干草，然后储藏在地下粮仓里，作为漫长而多雪的冬季里的储备粮。岩石上东一摊西一块晾着一摊摊新鲜的花草，每束大约一小把。看来，就是在这山顶绝境，也有动物在忙碌地生活，真是叫人大吃一惊。承蒙上帝的眷顾，这些会晒干草的小家伙的脑子应该和我们颇有共同之处，它们既

PIKA *or* LITTLE CHIEF HARE 北美鼠兔，又称小首兔

让人类大开眼界，又能激起人类的同情，让我们感同身受。

　　一只鹰在直立的悬崖上翱翔，它的巢应该就筑在那里。鹰的生活也同样令人惊叹，看到它们我不禁想起那些隐居者——在森林中哺育幼崽的鹿，身强力壮、毛发丰厚、营养充足的熊，为数众多、精力旺盛的松鼠，无论大小都能让树林变得生机勃勃、温柔可亲的得天独厚的鸟类，还有大群快活的昆虫，它们让空中满是欢乐的嗡嗡声，哪里有阳光哪里就有它们。所有这些动物浮现在我的脑海里，当然少不了山中的所有植物和一路欢唱奔向大海的溪流，但最令我难忘的，还是荒野广袤的洋溢着生命力的面容上展现出的那种令人敬畏的无限宁静。

　　日落前，我心情舒畅地跑回营地，沿着漫长的南坡，跨过山梁、溪谷、花田和崩裂的沟槽，穿行在杉树林和灌木丛中，尽情享受放纵的快乐和旺盛的精力，给将永存我心的这一天画上句号。

7月27日

　　起床出发去特纳亚湖。又是一个值得铭记终生的好日子。岩石、空气、万物都在说话，或是有声，或是无声；欣喜、惊叹、陶醉，让人忘却疲惫，也忘记时光的流逝。当我们返回位于群山中心的家园，心中的渴求都消散一空，此后也不会再生贪念。阳光的高度刚到杉树顶，每一片树叶上都有露水闪耀。我选择了一条往东的路线，右边可以俯瞰幽深的特纳亚溪谷，左边可以远眺霍夫曼山，特纳亚湖在正前方约16公里的地方，霍夫曼山的顶峰在我头顶以上近千米，特纳亚溪在我脚下约1200米。溪流和形状不规则的浅谷之间逐渐被平缓的圆顶山和起伏的山脊隔开，我基本上都在沿着浅谷前行。乱石遍布的山坳中有许多青苔苍翠的沼泽、草甸和花田供我漫步游历。它们向我展示的种种植物都那么美妙，蹚过的条条溪流都那么可爱，霍夫曼山和大教堂峰上的石雕又有那么多的视角和风貌值得欣赏；平生第一次站在特纳亚湖的水岸，脚下闪亮的花岗岩石滩宽阔得令人称奇。走在上面的我感受到了彻底的自由，意识很清晰，身体却轻若无物。我时而穿过开着星星点点梅花草的沼泽，时而漫步在翠雀、百合花、青草和灯芯草齐肩的花田，抖落一身露水；我走过成堆的半透明冰碛巨石、亮如明镜的石板，蹚过向约塞米蒂流去的欢乐小溪，穿过线香石南铺成的地毯、雪崩冲刷出来的小径和被积雪压得紧实稠密的美洲茶林，再沿宽阔庄严的阶梯拾级而下，最终走进了冰川雕凿而成的特纳亚湖盆地。

高山上的积雪融化得很快，充沛的溪水一路欢歌，带着粼粼波光颤动，在暗坑中打着漩涡，或在深潭里稍事休息，然后翻身跃起，伴着狂野的呼喊，带着激情和力量越过巨石组成的堤坝，每一种形态都欢欣跃动、美丽万分。我从未在山间见过任何真正死亡或无聊的事物，也没有任何被制造业称为垃圾或废物的遗存，一切都极致纯净，都饱含神谕，令我对目之所及的一切都一见钟情，并将万事万物都视作神迹，但直到上帝之手显露后我才明白：它们之所以能打动我们，是因为先打动了神。每当我们想单独挑出其中一样赞美，总会发现它与宇宙中的所有其他事物都联系在一起，不可分割。我不禁觉得大自然中的每一粒晶体、每一个细胞都和我们一样，拥有着不断悸动的心脏。于是，我总是想要驻足与动物、植物们对话，把它们当作亲密的登山伙伴。大自然是一位诗人，也是一名充满热情的匠人，走得越远，登得越高，它的鬼斧神工就展现得越显著。群山就像涌泉，它是万物的起点，但凡人们并不能理解眼前事物与群山这个源头的关联。

我见过三种类型的草甸：第一种位于盆地中，土壤层的厚度还不足以让表面干燥。这种草甸上生长有好几种薹草，边缘处一般是藜芦、翠雀、羽扇豆等各种健壮的开花植物。第二种也同样在盆地中，和第一种一样，之前都曾是湖泊，但它们的成因和穿过其间的溪流密切相关。流水带来的沙砾和碎石将地势铺高，让它的表面变得干燥且排水性能良好。干燥的土壤表层和随之产生的植被差异并非源于较高的地势，也不是溪水带来的填积物质的功劳，其实原因很简单，这里的盆地浅，很快就能被填满。这种类型的盆地上生长的草大多纤细柔软，叶片较短，拂子茅属和剪股颖属植物占有主导地位。这些草长成了漂亮、光滑且平坦的草坪，其间还可以找到两三种龙胆和开紫色或黄色花的鹰钩草、堇菜、越橘、山月桂、线香石南和忍冬。第三种草甸不在盆地中，而是挂在山脊和山坡之上，由大块的岩石和倒伏的树木来稳固土壤。岩石和圆木鳞次栉比地堆积在四处蜿蜒、没有河床的溪流上，形成水坝，拦阻了足够的土壤供青草、薹草和许多有花植物生长，既能保证水分灌溉，又不会让土壤被强劲的水流冲走，从而形成了一片片随着山势倾斜的草甸。多少受到起拦阻作用的岩石和圆木凸起部分的影响，这类草甸的表面不像前两类那么平整，但在小范围内看上去也不显崎岖，色泽青翠、线条流畅，如同向下蔓延的花带铺在灰色的山坡上，视觉效果很令人惊艳。草甸上宽阔而清浅的溪水大多来源于融化的积雪，有些地方的土壤排水良好，有些则由于岩石排列紧密，加上木材碎片和树叶淤塞，形成了一块块沼泽，上面的植被自然也随土质的不同相应变化。我在这种草甸上看到过柳树林和线香石南林，还有百合摇曳生姿，它们并不是长在边缘，而是星星点点分布在薹草和禾草间。现在正是大部分草甸最葱郁的时候。禾草和莎草弹力十足的叶片勾勒出的曲线曼妙而精致，韧性恰到好处，若增一分则过硬，会站得笔挺而少了一分恣意；若减一分又会过软，每根叶片会平塌下来而少了风骨。花序上的颖片和稃片、雄蕊和羽毛般的雌蕊的着色精妙至极。花海之上，一群群和花浪同色的蝴蝶上下翻飞，其他各种美丽的长翅膀生物也同样繁荣，这些承蒙上帝亲自清点、承认、看顾的生灵欢聚在我的头顶翩跹起舞，仿佛要用单纯的嬉戏和欢闹庆祝它们短暂而灿烂的生命。这些生灵多么美妙！它们怎样生存？怎样忍受气候的变化？它们的身体如此微小，肌肉、神经、器官是怎样保持温暖和兴奋，始终健康而又生气勃勃的？若将它们视作上帝发明的机械，这种创造又是多么值得赞叹啊！和这些昆虫相比，把自己当作神的人类所发明的最杰出的机器都不值一提。

和草甸一样，冰碛上的砂土花田也正是最繁盛的时期，但位于岩石北侧和幼松林下的那些还尚未着花。在霍夫曼山脉的山坡沿线，阳光充足、富含矿产的土壤上，我看到了辽阔的鼠莓和紫吉莉草花海，如同天边的彩云，几乎不见一片绿叶。茶藨子林、越橘、山月桂都正处花期，沿着溪岸铺展出片片花毯和花篱。冰碛石滩上常见蓬松粗糙的越橘叶栎林，行人几乎可以抬腿跨过，但它确实和布朗平原附近巨大的金杯栎属于同一个种。最美的矮树林莫过于开满紫花的线香石南林，它们在海拔2743米的高度上织成了灿烂夺目的锦绣花毯。

我们营地方圆2~3公里范围内的主导树种是华丽的银冷杉，无论是单株高度还是树形，它们都臻于完美。就连群生成林、与一片片开阔地交错间隔的分布形态也是如此。这些银色的尖塔林是如此整齐雅致，规整的形态令人一见如故，恍然间以为正置身于园艺大师设计的景观之内。然而，只有大自然才能创作出如此美丽的作品。占据树林中心位置的几棵是最为伟岸的、高达60多米的树，较为年轻的环绕在周围，最外一圈则是更小的幼树，整片树林排列得像精心搭配的对称花束，每棵树的位置都恰到好处，仿佛量身安排。树林周围的开阔地上，常有小朵的蔷薇和苞蓼盛开，把地面装扮得可爱又迷人。往上走，树形渐渐变得越来越矮小，形状也不再完美，许多出现了双尖，这说明它们曾经遭受过风暴摧残。但只要有优质冰碛土的地方，就算是在湖盆边缘，也会有高约50米、树干直径约1.5米的大树在海平面以上将近2700余米的高度上傲然挺立。我发现，大部分幼树都因为冬季积雪的重压有些弯曲，根据树上留下的印记看，这个海拔上的积雪应该至少有2.4-3米深。这么厚的雪，而且还压得紧紧实实，重量足以压弯一株高约6-9米的小树，甚至将它彻底掩埋，更致命的是要持续四五个月之久。有些树被压断了，其他的则在雪化后重新挺立起来，最终成长为有能力抵抗雪压的大树。就算在树径达约1.5米的大树身上，仍然可以从拱起的树干上清晰地看到它们早年遭受冬雪磨炼的痕迹。有些树干上还保留着枯死的幼树主干，从断裂点以下发育出的新主干已经超越了它们的高度。不管经历多少磨难，森林的美丽非凡从来未曾改变。

　　走出银冷杉林，我观察到，在内华达山区林带的上限，海拔3000

THE SILVER FIRS 银冷杉

Abies concolor

米多一点的位置上，森林的主体树种是扭叶松。我在大约2743米的高度上见过一棵树干直径将近1.5米的树，脚下的土层深厚而湿润。由于生长位置、光照、土壤等因素的差异，这种树的个体形态变化相当大。在溪岸，它们生长密集，极其纤瘦，有些可以长到20多米高，最靠近地面的树干直径却仅有12.7厘米。不过一般来说，我见过的大多数都比例得当。在这个高度，完全长成的扭叶松平均树径大约在30~35厘米，高约12~15米，松散的枝条末端上扬，树皮薄且挂满了琥珀色的松脂。细枝末端，数朵雌花聚成一个直径大约0.6厘米的绯红色花结，大部分都藏在流苏般的叶束里。雄花直径大约为1厘米，柚黄色，一簇簇聚在一起，鲜艳夺目。这是一种坚强无畏的高山松树，无论在荒凉的崩塌巨石堆上，还是在土壤肥沃的山坳里，都能快乐生长。千百年来，每个寒冬它都要与齐腰深的积雪抗衡，面对一场又一场暴风雪，却依然年年开出妍丽的花朵，比起享尽阳光滋养、繁花密布的热带树木来也毫不逊色。

比扭叶松更能吃苦耐劳的高山树种是西美圆柏，它们大多生长在圆顶山、山脊和冰川遗迹上。它就像一名敦实健壮而又生动的高地人，安心满足于自己两千多年以来沐浴在阳光和雪花下的生活，身体的每一处都流露出坚忍不拔的气质，经历的岁月和脚下的花岗岩一样漫长，真是棒极了！有些柏树的高度几乎和幅宽差不多，我在湖畔见过一棵覆盖直径将近3米的，普通的也大多能达到1.8~2.4米。它们黄褐色的树皮有着绸缎般的光泽，一长条一长条剥落时就像缎带一般。我从未见过自然死亡的柏树，就算被外力摧毁了它们也不会倒下，绝对是所有高山树种中最耐久的一种。如果一生无害无灾，它大概可以

SIERRA JUNIPER 西美圆柏

Juniperus occidentalis

活到永远。我在霍夫曼山见过有些经历了雪崩的柏树仍然能欣然抽出新枝，倔强得就像狄更斯笔下的人物格力浦（Grip），不停地念叨着"永不言死"为自己鼓劲。还有些树就傲然矗立在石滩上，脚下只有一条宽不逾2厘米的缝隙可以扎根。这些岩石堆上的居民的普遍身高大约在3~3.7米间，老树的顶端大多折断了，只剩一截树桩，上面抽出几丛枝条，这些奇特别致的棕色柱子立在光秃秃的石滩上，四周没有其他植物，留出足够的空间让观赏者从各个角度欣赏它的风姿。在肥沃的冰碛土上，它可以长到12~18米高，灰色的树冠繁茂浓密。西美圆柏树干的年轮极为致密，我数了一下，有些在2.54厘米内多达八十圈。因此，那些覆盖直径达18米的树一定已经非常古老，差不多有几千岁。真希望我也能和它们一样长寿，靠阳光和降雪滋养，在特纳亚湖畔和它们并肩而立千百年。那样的话，我将阅尽多少载风光，那将会是何等的快乐！山中的万物都会认识我，来和我相会，天堂里的万物也会像光一样拥我入怀。

这口湖的名称来源于约塞米蒂部落的一位酋长。据说老酋长特纳亚是一名优秀的印第安首领，一伙士兵尾随他的队伍进入约塞米蒂，要为盗窃牲畜以及其他罪行对他们加以惩罚时，他带领族人沿着一条通往峡谷上端的小道逃到了湖边。时值早春，积雪还很深，他们最终没能逃脱，被追上后丧失了斗志，只得投降。明媚的湖泊是对老酋长最好的纪念，它本该长久地立在那里，但印第安人会死去，湖泊也会消失。注入湖中的溪水裹着大量岩块，雪崩、降雨和风暴也都会搬来碎石，湖盆会被逐渐填满。在特纳亚湖上端，从大教堂峰流下来的几条主要支流汇入的地方，原先的湖盆已经有相

141

当大一部分变成了森林和草甸。另两条大支流来自霍夫曼山脉，湖水从西侧的湖口流出，经特纳亚谷在约塞米蒂注入默塞德河。湖的北岸几乎见不到一把松土，到处都是光秃秃的、反射着阳光的花岗岩，让人想起这口湖的印第安名字——匹维亚克（Pywiack），意思是闪亮的石头。这个湖盆大概是由远古冰川铲掘而成，想必是一项历时千万年之久的宏大工程。湖的南侧，一座雄伟的高山从水中拔地而起近千米，山上遍布铁杉和松树；湖东岸巨大的圆顶山熠熠生辉，远古的冰川一定曾对它精心打磨、侵蚀和塑造，如今山顶的寒风接过了它的刻刀，创作还将继续。

7月28日

云山没有出现，只有几缕淡得几乎难以察觉的卷云，正午时分也罕见地没有雷声响起，山区的时钟似乎停摆了。我对红冷杉做了些研究，见过的最高一棵经测量有将近70多米。红冷杉是所有针叶树中形状最为均衡对称的一种，尽管体量巨大，却极少有活过四五百岁的，大部分都会在二三百岁时死于一种真菌。红冷杉宽阔的掌状枝条上很容易积起厚厚的雪，被积雪压断的枝条残桩成为干腐真菌进入树干的通道。青壮年时期的红冷杉简直就是均衡与对称的奇迹，每一根枝条都和蕨叶一般分枝精确，上面覆盖着密实的叶片，整棵树除了树干和一小段主枝暴露在外，其他部分形成了一个丰厚繁茂的整体。它的叶子向上挺立，小枝条上的尤其如此，又尖又硬，叶尖直指天空。每片叶子在树上的寿命大约为八至十年，由于生长迅速，在直径为7.6~10厘米的轴心枝条上部还时常可以看见叶片，叶片之间间距很宽，清晰地展现出螺旋排列之美。叶片脱落后留在枝条上的叶痕可以保留20年，甚至更长时间。但每棵树的茂密程度和叶片的尖利度有着相当大的差异。

在霍夫曼山的考察让我看到了一幅完整的内华达山区森林截面图。我发现在松柏类这个高贵的群体中，红冷杉的树形最为匀称。它们的球果极其华丽，无论是构造、尺寸、色泽还是圆柱体的形状都十分好看。球果像木桶般一颗颗笔直地站在上部枝条，长度可达13~25厘米，直径7.6~10厘米，灰绿色，全身覆盖茸毛，在阳光下闪耀着银色的光泽。锦上添花的是每颗球果上还挂满了一粒粒透明的香脂，令人联想起古老的受礼上涂抹的香膏。比球果外表更美丽的是它的内部。它们的鳞片、苞片和种翅都有着极其漂亮的玫紫色，还泛着明亮的霓光；深棕色的种子每粒长约1.9厘米。球果成熟后，鳞片和苞片掉落下来，种子自由地飞往命中注定的生长地，死去的主穗则依旧在枝条上留存多年，为早已消失的球果留下它们在树上的标记。不过，有些主穗在还未成熟时就被道氏红松鼠咬下来的就彻底没有了影迹。我实在想不出这些家伙是怎么把那些无柄的球果从宽阔的基座上咬下来的。我最爱的活动之一就是找个晴天爬上这些树，在上面看球果生长，眺望森林的冠盖。

7月29日

明亮，凉爽，心旷神怡。云量大约占到天空的一半。又是适合徒步、写生和享受自然的一天。

7月30日

云量只占天空的百分之二十，并没有像平日一样下雨，只是在正午时听到几公里外传来的雷声。蚂蚁、苍蝇和蚊子似乎很喜欢这样的气候。几只家蝇发现了我们的营地。山区的蚂蚁胆子很大，个头也大，有些从刺针尖到折起来的翅膀尖的长度将近2.5厘米。尽管比起大部分野外地区来，这里的蚊子不算多，但它们的哼哼声很吵，叮起人来也相当讨厌，完全不分时间和场合。不管在哪里，不管什么时候，任何可乘之机它们都不放过，吸血到生命的最后一刻，直至被冰霜冻死。大黑蚂蚁就可爱得多，只有当你躺在树下时才会实施骚扰，让你发痒。一只飞虫正在往银冷杉树干里钻，它的产卵器长约3.8厘米，像一根针般又直又亮，不用时就被折叠入鞘中，笔直地拖在身后，看上去像飞翔中的鹤腿。我猜这只虫子选择钻进树里大概是想省去造巢以及后面抚育幼虫的力气。实在难以想象，这种虫子在找巢穴方面经验如此丰富。它们怎么会知道可以把卵放进蛀洞孵化？又怎么知道软弱无力的幼虫孵化出来后可以靠银冷杉的树液获得足够的养分呢？如此精心周到的家政安排不禁让人想起五倍子蜂的奇妙家族。似乎每只五倍子蜂对哪种植物会怎样应对穿刺的刺激、树对产卵带来的惊扰会产生什么样的反应都了如指掌，并且还能引导植物创造出既能作为巢穴，又能为幼虫提供养分的环境。不可避免地，它们也会犯错，但即便犯错倒霉的也只有一窝卵，还有足够多的同类可以找到适当的植物和养分延续种族。它们也许还犯过其他不为人知的错误，只是我们无处可知罢了。曾经有一对鹟鹩错误地把巢筑在一件工人外套的袖子里，等到日落后工人拿出衣服要穿时，把它们给吓坏了。同样神奇的是，就算父母会犯错，自己也会犯错，就算气候变化，宿敌环伺，蠓虫和蚊子这些小昆虫的幼虫仍然坚强地幸存下来，长成了健康强壮的完善形态，在阳光下享受生命。看着这些看得见的小生灵自然会让人想要了解那些无法计数的更小的昆虫，就这样一步步被它们带入无穷无尽的神秘与好奇中。

7月31日

又是美好的一天，吸入肺里的空气甘美如舔上舌尖的花蜜，我的整个身体就像一个味蕾在为美味兴奋颤动。天空的云量只有百分之五，日常拜访的大雨还没到来，但我已经听到了远处的轰隆声。

在布朗平原随处可见的花栗鼠这里也有不少，可能还有一些其他的品种。它们轻盈的姿态令人想起东部各州我们所熟悉的那些品种，我曾经在威斯康星的栎树平原上欣赏它们贴着曲折的铁路护栏飞掠而过的风采。内华达山脉里的花栗鼠更爱在树上活动，也更像松鼠一些。我第一次注意到它们是在松柏林带的最下缘，鬼松和西黄松交替的地区。这些小家伙实在太有趣了，一举一动古怪又滑稽，虽然不是松鼠，本领却同样高强，而且还没那么咄咄逼人。我特别喜欢看它们在灌木丛中忙着收集种子和浆果的样子，怎么都看不够。它们像歌带鹀一般优雅地立在纤细的枝头，比大多数同样大小的鸟类还要稳定自如。花栗鼠是我最感兴趣的几种山区动物之一，能干、温顺、自信且美丽，还很会俘获人心，惹人怜爱。虽然体重比田鼠重不了多少，可它们勤勤恳恳地收集着种子、坚果和球果，把自己喂养得很好，却绝不会由于肥胖或懒惰出现半丝臃肿。相反，它们极其活泼、敏捷和轻

CHIPMUNK 花栗鼠

Tamias

快，行动间还会发出各种各样的叫声，有时声音甜美柔软得像水叮叮咚咚滴入池塘。它们似乎特别喜欢逗狗，见到狗时常凑上去，近到咫尺，然后又飞快地跳开，嘴里还叽叽喳喳叫得像只麻雀，后面的尾巴还打着拍子，每一声划半圈，从这边绕到那边，下一拍又绕回来。就是道氏红松鼠也不如它们镇定自若，毫不胆怯。我见过它们在约塞米蒂光滑的崖壁上奔跑，像飞虫般轻轻松松地贴在岩壁上，对脚下只要稍有失足就会坠入600~900米深渊的危险毫不在意。登山客攀爬这些令人胆寒的悬崖时手脚也能如此坚定就好了！那次我为了看约塞米蒂瀑布所做的冒险已经让我的神经紧张到极点，但对小小花栗鼠而言，这根本不值一提。

荒凉的山顶上，土拨鼠是另一种类型的登山家。它们是行动最笨拙的啮齿类动物，贪吃、肥胖，体型庞大得像脑满肠肥的官老爷，还相当傲慢，高山草甸上的土拨鼠就好比站在苜蓿田里的奶牛。一只土拨鼠比一百只花栗鼠加起来还要重，但它可一点都不沉闷。在我们视为风暴肆虐的绝境，它快活地尖叫、吹口哨，在自己的天域家园里享受着长寿的生活。它们的洞穴有些由风化的岩石碎块筑成，有些就安在巨石之下。霜冻的清晨，它们从窝里钻出来，找到最钟爱的平顶石晒晒太阳，然后去开满野花的山坳吃早餐，以青草和花枝饱腹，再去找伙伴打架玩耍。我不知道它们已在这种凉爽怡人的气候中生活了多久，但有些土拨鼠身上铁锈红和烟灰相间的毛色活像是长满了地衣的岩石。

8月1日

云海壮观，五分钟暴雨让这片神佑的荒野重新振奋起来，原本清

WOODCHUCK 土拨鼠

Arctomys monax

新芬芳的气息中又增添了一丝茶香，那是草甸黑土和腐叶被水浸泡后发出的气味。

每一个在中西部各州长大的男孩都很熟悉俗称"威卡普"（waycup），或者"扑闪"（flicker）的啄木鸟，它们也是这里最常见的一种啄木鸟，令人看了格外亲切。尽管内华达山区和东部气候迥异，但无论从翅膀还是习性上，两地的啄木鸟似乎并没有区别。它们真是一种健康、无畏、自信又美丽的鸟。这里也有美洲鸫，它们在开阔的花田和高山草甸上轻快优雅地蹦蹦跳跳，叫声和姿态都令人耳熟。整个美国都是它们的家园，从平原到山区，从北到南，上上下下，来回往返，随着季节和食物供给的变化一次次踏上征途。能够在如此广阔而多样的地域里保持健康和快乐，无论在体质上还是在脾性上，这位无畏的歌者都令人钦佩。当我心怀敬畏沉默地穿行在静穆的森林里时，经常能听到这些四处漫游的小家伙们甜美清澈的歌声，仿佛有着慰藉人心的力量，像是在说："别怕！别怕！"

我徒步中经常见到刀翎鹑，这是一种体型较小的褐色山鹑，头上有一根又长又细的美丽饰羽舞动，就像男孩插在帽子上的翎毛，让它的外貌格外醒目。比起在炎热的山麓和小丘上常见的各种鹌鹑，刀翎鹑的个头要大得多。它们很少会停在树上，更喜欢五六只到二十只成群在稠密的美洲茶林和熊果林中穿行，或是跑到开阔而干燥的草甸和山脊上的疏林、空地上去，边走还会边发出低低的"咯咯"声，招呼伙伴保持队形。若是受到惊扰，它们会即刻强劲地扇动翅膀，一阵"扑扑"乱响之后，鸟儿们就像被炸开一样四散在方圆几百米的范围内，等到危险过后，它们又发出响亮的尖啸呼唤同伴重聚——从习性

MOUNTAIN QUAIL 刀翎鹑

Oreortyx
ricta

看，这就是一群大自然里的漂亮山鸡。我还没有找到过它们的巢。今年新生的雏鸟已经离家，一群群快乐的小漫游者个头已经有父母的一半那么大了。我很想知道它们是如何度过漫长的冬季的，那时地面上的积雪足足有3米深。它们肯定和鹿一样，迁至森林的下缘，但我在那里从未听见过它们的叫声。

　　蓝色或是烟灰色的松鸡在这里也很常见。它们喜欢最幽深封闭的杉林，一旦受到惊扰就会从杉树的枝条间冲出来，随着响亮的一声扑翅，又姿态优雅地滑翔而过，重新悄声没入林间，连一根羽毛都不会乱。这种健壮而漂亮的鸟体型和以前西部的草原松鸡差不多，大部分时候都生活在林中，只有繁殖季节才会长时间到地面活动。它们的幼鸟现在已经能飞了。被人或狗惊吓得四处奔散后，它们会一动不动呆立在原地，等到危险解除，雌鸟再把孩子们召唤到一起。雌鸟的叫声不大，但幼鸟隔着几百米都能听到。如果幼鸟还不会飞，雌鸟会装瘸或装死来转移敌方的注意力，甚至倒在距离敌人只有两三米的地方，仰面朝天，又是踢腿又是喘气，想要骗过人或兽类。据说它们终年都在这一带的树林中，遇上暴雪就躲在杉树或西黄松蓬松的枝条下，以树上的嫩芽为食。它们从腿到脚趾都覆盖着羽毛，似乎没有什么气候是它们不能生存的。能够住在松树或杉树上靠嫩芽为生就意味着在食物上永远不用发愁。不像我们人类，会时常受食物的困扰，甚至连行动都会受其牵制。如果可能，为了获得这一至关重要的独立，我也愿意一生以松芽为食，就算里面满是松节油和树脂。想想吧，仅仅因为没有面粉，上个月我们受了多少折磨！和上帝创造的所有其他生灵相比，人获得食物的过程似乎难得多。对众多城里人来说，这是一场需要穷尽一生的斗争；对居住在其他地区的人而言，食物短缺的风险仍然时刻悬在头顶，于是人类养成了无休无止囤积食物的恶习，就算存粮已经远远超出合理需求也无法停下来，而真正的人生就这样被扼杀了。

在霍夫曼山上，我发现了一种毛色像鸽子的奇特鸟类，一半像啄木鸟，一半像喜鹊或乌鸦。它的叫声有些类似乌鸦，但飞起来却像啄木鸟，喙部又直又长，我亲眼看见它们张嘴啄开了西部白松和白皮松的球果。它们似乎一直生活在高处，但冬季无疑会到下面来，就算不为觅食，也要寻找避身之所。山上长着好几种松柏，我想即使在冬季也能找到足够多的坚果，总有一些没能飞出球果的种子可以留给寒冬里饥肠辘辘的拾荒者。

第七章

A Strange

Experience

奇遇

8月2日

云山和暴雨，依稀如昨日。我一整天都在北圆顶上写生，直到下午四五点。当时我满脑子都是约塞米蒂的恢宏美景，只想画下每棵树和岩石的每根线条与特征，忽然，一个念头出其不意地浮现在脑海中：我的朋友——威斯康星大学的巴特勒（J. D. Butler）教授就在下面的峡谷里。我激动得跳起来，迫不及待想去见他，兴奋得不能自已，就好像他在冥冥之中突然推了我一下，让我抬头看见了他。一刻也没犹豫，我放下工作就跑下圆顶山西坡，沿着峡谷崖壁边寻找下山的路，最终找到一条侧峡谷，根据谷中连续不断的树林和灌木林判断，应该可以在里面找路进入峡谷。我立即走下峡谷，天色已晚，可仿佛有一股力量拽着我往前走，无法停下脚步。还好没过多久，常识拉住了我，让我意识到，就算在黑暗中跋涉很久后能顺利找到教授住的酒店，到时游客们也早睡了，没人认识我，我口袋里又没钱，甚至连件外套也没有。终于，我勒令自己停下来，打消了连夜访友的想法。毕竟，我只是通过心灵感应感受到他的到来，这事未免过于奇特。

我无精打采地穿过树林回到营地，但心中一刻也未曾动摇，早已决定明天一早就下山去找他。这是我这辈子最无法解释的冲动。我在圆顶山上度过了那么多时日，今天下午却仿佛有人在我耳边喃喃细语，告诉我巴特勒教授就在峡谷中，这太让人震惊了！记得离开学校时，巴特勒教授曾对我说："约翰，我想一直了解你的近况，关注你的事业。请一定记得给我写信，至少一年一次。"7月，我在位于山坳的第一个营地收到了他的信。信是5月写的，他在里面说今年夏天可能会来加利福尼亚，希望有机会见面。可信里既没提见面地点，也没说他的行程安排，而我整个夏天都在野外，所以对见面根本就不抱希望，很快就把这件事忘在脑后。直到今天下午，他的身影仿佛就飘荡在我面前。好吧，明天我就知道到底是怎么回事了，不管有没有道理，我必须要去一趟。

8月3日

美妙的一天。就像指南针必定能找到极点，我轻而易举就找到了巴特勒教授。所以昨晚的心灵感应，或者说先验启示，不管叫什么，它是真的。最奇怪的是，我突然感受到他的那一刻，他正经由科尔特维尔小道进入峡谷，刚走过埃尔卡皮坦峰（El Capitan）往峡谷上方而来。如果他有一副不错的望远镜，在眺望北圆顶时也许看到我抛下工作跳起来冲他跑过去。这可以说是我一生中真正可以称得上超自然的经历了，我从少年时代起就沉迷于自然，对降神、预言和鬼故事这些东西不感兴趣，和大自然的开放、和谐、充满韵律、阳光普照、日复一日的美比起来，这些东西显得毫无用处又平淡无奇。

早上，一想到要走进酒店出现在游客们面前我就头疼，我没有合适的衣服，表现得再镇定也还是腼腆胆怯得无可救药。然而我必须去，毕竟在陌生人中生活了两年后，这是我第一次见老朋友。我翻出营地生活中最体面的服装——一条干净的工装裤，一件羊毛衬衣和一件短上衣，把笔记本拴上皮带，就带着卡洛踏上了我的奇异旅程。我走的是昨晚发现的小峡谷，后来证实这就是印第安峡。峡谷中没有路，岩石崎岖，灌木杂乱，在几个特别险峻的地方，卡洛时不时就得把我叫回去帮忙。从峡谷的阴影处走出来，我看见一个男人正在草甸上晒干草，便问他巴特勒教授是否在谷中，他回答：“我不清楚。不过你可以去酒店看看，现在谷里没几个游客，应该很好找。昨天下午来了一小群人，我听到有人叫巴特勒教授还是巴特菲尔德什么的，或者别的差不多的名字。”

在生意萧条的酒店门前，一个旅游团正在调整渔具。大概是我古怪的装束吓着他们了，他们满脸惊奇地看着我，不发一言，就好像我从天而降，穿过树林，掉到了他们跟前。我问接待处在哪儿，被告知关门了，老板也不在，不过可以去大堂找老板娘哈钦斯太太。我窘迫万分地走进去，在一间空荡荡的大房间里敲了好几扇门后，老板娘终于出现了。她回答我的询问说，巴特勒教授应该就在峡谷中，不过她得从接待处把登记簿拿出来看了才能确定。在最近来访的几个签名中，我迅速找到了教授熟悉的笔迹，那一瞬间，我的羞涩不翼而飞。得知他们的团队往峡谷上方去了，有可能是去春天瀑布（Vernal Fall）或是内华达瀑布（Nevada Fall）。我立刻兴奋地追随而去，目标既已确定，心中更不再有疑虑。不到一个小时，我就到达了内华达谷（Nevada Caño）里的春天瀑布，发现一位绅士站在水雾之外，和我今日见到的其他人一样，满脸探究和好奇地目视我越走越近。我鼓起勇气问他是否知道巴特勒教授在哪里，他更加惊讶了——发生了什么事，有人派信使来找教授吗？他没回答我的问题，反而问："谁要找他？"语气干脆，像个军人。

我同样干脆地回答："我找他。"

"为什么？你认识他吗？"

我说："认识，您认识他吗？"

震惊于山区竟然会有人认识巴特勒教授，而且一到峡谷就找上门来，他终于走下来平视我这个古怪的山里人，彬彬有礼地回答说："是的，我和巴特勒教授很熟。我是阿尔沃德将军，和他一起在佛蒙特州的拉特兰（Rutland, Vermont）上过学，不过那已经是很久以前的事了，那时我们都还是孩子。"

我不肯罢休，打断他继续问："可他现在在哪儿？"

"他和另外一个同伴到瀑布的另一边去了，那里有一座巨大的岩石山，你从这里可以看到它的顶端。"

他们的向导主动凑上来告诉我，巴特勒教授和同伴要去爬的巨石叫自由帽（Liberty Cap），我可以到瀑布的源头上去等，应该能在他们返回的途中相遇。于是我沿着春天瀑布旁的阶梯向上攀爬，并继续向前走，决定索性走到自由帽上去而不是在原地苦等，这样说不定还可以早点见到我的朋友。人有时候就是这样，不管平日里多快乐、多无忧无虑，还是会渴望和朋友相见。还好，没走多远，刚到春天瀑布顶上，我就看见了还在灌木和岩石中摸索前进的教授。他半蹲着身子在找路，卷着袖子，敞着马甲，帽子捏在手里，一看就热坏了，也累坏了。看到有人下来，他找了块石头坐下，擦擦眉毛和脖子上的汗水，问我去瀑布旁的阶梯该怎么走，显然把我当作了峡谷里的向导。我以几堆石头为路标给他指路，看清之后，他高声召唤同伴说路找到了，可并没有认出我。我就站在他的正前方，看着他的脸，伸出手。他以为我想扶他站起来，告诉我没关系。于是我对他说："巴特勒教授，您不认识我了吗？"他先是回答："不认识。"然后看到了我的眼睛，突然之间恍然大悟。他对我正好在他迷失在灌木丛中时突然出现大吃一惊，也不知道我一直就在离他只有几百公里的地方。"约翰·穆尔，约翰·穆尔，你到底是从哪里来的！"于是我告诉他，昨晚他走进峡谷时我就感应到了，当时我正坐在北圆顶上写生，他离我应该只有七八公里。当然，这件事令他更为震惊。回到春天瀑布脚下，等在下面的向导已经骑上了马背，于是我跟着他们一同返回酒店，和教授聊了一路。我们说起当年的校园时光，说起在麦迪逊[1]的朋友，说起当时的同学和每个人的际遇，边说边不时抬头眺望，身边魁伟的巨岩在暮色中渐渐朦胧，又让我想起诗人的词句——"一场难得的漫步。"

回到酒店已经不早了，阿尔沃德将军正在等教授来吃晚餐。教授向他介绍我时，他比教授还要惊诧，我就像是天外来客，根本没通过任何正常的消息来源得知他们来了加利福尼亚，就这么直接找到了教授。他们从东部出发后，径直来到约塞米蒂，还没来得及拜访任何加州的朋友，以为不会有人知道他们的行踪。我们坐到晚餐桌旁，将军靠在椅子背上，看着长桌旁的其他同伴，将我介绍给了另外那十多

---

1. 麦迪逊：Madison，美国威斯康星州州府，威斯康星大学所在地。

个人，其中就有之前提到的那个盯着我看的垂钓者。他说："这个人
从山上下来，那些大山里连路都没有。他来找巴特勒教授，而且就在
我们到这儿的当天他就赶来了，可他怎么知道朋友来了呢？他说是凭
感觉。这大概是我听说的灵异故事里最离奇的一桩了。"他说得起
劲，而他的朋友则引用莎士比亚的台词评论说："天地之大，赫瑞
修，比你能够梦想到的多出更多。"[1]太阳升起之前，就已经将它的
影像描绘在天幕之中，事件的发生总有预兆，明日之事会在今日显出
端倪。

晚餐后，我们聊了很久关于麦迪逊时期的回忆。教授希望我以
后跟他去夏威夷群岛（Hawaiian Islands）来一次野营旅行，而我则
试图劝他跟我一起回内华达山脉高处的营地去。可他说："这次不
行。"他不能把将军一个人撇下。我惊讶地得知，他们竟然明天或者
后天就要离开峡谷。幸好我不是什么要人，不至于让这个忙碌的世界
惦记。

8月4日

在星空下和银冷杉林中享受过无垠的灿烂和奢华后，躺在一间小
酒店的客房里未免太不适应。今天，我与故友和将军作别，那位老兵
人非常好，而且风趣健谈。作为佛罗里达塞米诺尔战争[2]的参与者，

1.出自《哈姆雷特》第一幕第五场，原文为"More things in heaven and earth, Horatio, than
are dreamt of in your philosophy"。

2.塞米诺尔战争：Seminole war，19世纪10年代至50年代间，美国政府与居住于佛罗里达州
的塞米诺尔族印第安人间为争夺土地发生的三次战争，最后印第安人被迫西迁。

他跟我讲述了这场战争的许多故事，还邀请我去奥马哈¹看他。唤来卡洛，我们再次穿越印第安峡，一路攀登回营地。我一边庆幸，一边同情起可怜的教授和将军，他们被时间、日程、各种命令和责任等等限制所困，不得不处理山下的种种俗务、尘土和喧嚣，大自然在那里蒙尘，来自原野的声音被阻塞，反倒是我这种贫穷卑微的流浪汉享受到了自由和神创造的荒野的荣光。

　　除了拜访朋友，今天我还欣赏到了约塞米蒂的美景。我只是在去年春天来过这里一次，用八天的时间在这里的山水间漫步。只要走进群山间，或是真正置身于神的荒野中，我们的所得总是超出期待。花上几个小时从近1200米的高度上下来，就能进入另外一个世界，无论气候、植物、声响，还是栖居的动物和风景都发生了明显的变化，甚至焕然一新。营地附近的金杯栎长成了一片片矮小的灌木林，我们甚至可以把床铺在上面。但沿印第安峡下行，沿途就可以观察到它们渐次从小灌木到大灌木、小树、更大一些的树，最后在谷底乱石嶙峋的斜坡上长成冠盖广阔、树干虬曲、别具风姿的大树，树干直径约1.2~1.8米，高达12~15米。水的形态变化也无穷无尽，每一截水流顺滑的河段、每一处跌水，每一道瀑布都各具特色。峡谷中的两座主要的瀑布——春天瀑布和内华达瀑布我都近距离观察过，两者相距不到1.6公里，却在声音、形状还有颜色等方面都有着显著差异。春天瀑布高约120米，22~24米宽，从圆滑的悬崖顶上顺畅地泻下，形成一幅壮观的水幕绣品，浅绿莹白交映，偶有重叠和交错。春天瀑布保持着这种姿态倾泻而下，水花飞溅，到谷底时突然被笼罩在翻腾的水花和蒙蒙水雾中，下午的阳光嬉戏其间，映出美不胜收的彩虹。内华达瀑布跃下山崖时一眼看去是白色的。由于在第一跳前，水流冲到水道壁上后又反折回来，让瀑布顶头看上去有些扭曲。下降大约三分之二的距离后，遇到崖壁上倾斜的部分，将如同彗星般飞速跌落的集中水流击打出更加洁白的水沫，瀑布一下子拓宽了许多，随后再度向外一跃，在午后斜阳配合下，完成一场华丽而盛大的表演。这是世上最神奇的瀑布之一，水流在这里仿佛逆常理而行，拥有了鲜活的生命，充满了山的力量和浩瀚的欢愉。

　　激荡爆裂的水花下，若隐若现的河流被山岩扯碎，然后又迅速汇入咆哮的洪流，展示出这条年轻河流的强健生命力。它奔流向前，呼喊、咆哮，欢欣鼓舞，充满力量，通过狭谷时气势磅礴，流经平缓的石坡时水面又突然拓宽，在石坡的尽头形成层叠交错的浅薄水幕，随着重重细碎的浪花涌入宁静的池塘——人们管它叫"翡翠池"（Emerald Pool）。这是一处歇脚的休息站，是分隔两个长句的句点。在池中休息够了，水流挥别翻涌的水沫和烟灰色的雾气再度启程，安静地淌到春天瀑布悬崖的边缘，水面变得静谧而广阔，开始了它在春天瀑布的新表演，最后激流裹着岩石一起摔下山谷，流淌在金杯栎、花旗松、冷杉、槭树和狗木交错的叶荫下。中途接纳伊利路特溪（Illilouette）后，它一路长驱而下，进入艳阳下的平坦峡谷，去和另一条河流汇合。那条河和它一样，也曾狂舞高歌，从白雪皑皑的山峰上奔涌而下，两者汇成默塞德河的主体——怜悯之河。但这里仍然不是尽头，每每思索至此总不免兴叹生命的短暂。不过无妨，这神圣荣光下的每一天都值得我们为之生存，为之辛苦劳作，为之心怀渴望。

巴特勒教授在分别前送给我一本书，我则回赠他一幅为他的小儿子画的铅笔速写。我特别喜欢那孩子，上大学时，他总喜欢跑到我房间来玩。他赞美联邦的爱国演讲也令我难忘，才六岁就能站在高凳上侃侃而谈了。

真奇怪，游客们竟然对约塞米蒂如此罕见的壮丽风光无动于衷，他们的眼睛似乎被蒙住了，耳朵似乎也被堵上了。昨天我见到的大部分游客都趾高气扬，好像对身边发生的一切毫无知觉，他们不知道，那些庄严的石山正随着周围群山中千万条流水的恢宏合唱震颤，它们合唱的乐声能将天使诱出天堂。然而，那些衣冠楚楚、看起来聪明博学的人只对往鱼钩上拴虫子钓鲑鱼感兴趣。他们管这叫运动。如果这是在教堂里的无聊说教中，有人想在洗礼池中钓鱼打发时光，这项所谓运动还不算太糟糕，可他们竟然在约塞米蒂的圣殿里来这一套！他们从鱼儿挣扎求生的痛苦中寻找快乐，全然不顾上帝正在用他最庄严的山水布道。

回到营火旁，我不禁还在想：当我感应到巴特勒教授在山谷中时，他刚刚进入峡谷，离我四五公里远，而我没有任何途径了解到他当时已离家出游。这事看似超自然，但也不过是因为我想不明白其中的道理。无论如何，为此大惊小怪有点傻，自然和常理本来就比所谓超自然现象要奇妙和神秘得多。公平地说，比起最寻常的自然现象来，我们听闻的大部分奇闻逸事都黯然失色。坐在圆顶山上时，击中我内心的那道光或许就和某种让人一见钟情或是见之生厌的东西差不多，关于这些人们已经胡编乱造了太多言论。这些奇谈怪论最坏的影响是让人无视神圣的常理。霍桑[1]也许可以把一个心灵感应的小故事编成一部离奇的浪漫小说，甚至于在这桩我经历过的怪事中，将亲爱的老教授换成一个漂亮优雅的迷人女士。

8月5日

天不亮就被吵醒了，卡洛和杰克在狂吠，羊群四处乱窜。比利从他堆在朽木渣中的床上蹦下来逃到营火旁，怎么都不肯摸黑去把四散的羊群找回来，也不肯去探查发生了什么事。后来我们才知道骚乱的源头是熊的造访。虽然觉得天亮前也做不了什么，但我急于了解原委，所以还是带着卡洛摸索进了树林。我们循着几小群羊的动静往前走，并不担心会在这个方向遭遇熊，因为我知道这些奔逃的羊必定会尽可能地远离敌人，而且卡洛的鼻子也很可靠。往畜栏东边走了大约800米，我们追上了一群大约二三十只的羊，顺利把它们赶了回去。接着我们转向西边，又赶上一群羊，照样让它们回去了。天亮后，我发现了一只尚有余温的死羊残骸，说明我四处找逃羊的时候，熊还在这里享用丰盛的羊肉早餐，它吃了差不多半只羊。畜栏里还躺着六只死羊，显然是熊进来时，被挤成一堆的羊群一层层压在畜栏壁上窒息而死的。我和卡洛绕着营地搜了一圈，找到了第三队逃羊，照例赶回营地。我们又发现了半只死羊，说明今天来享用早餐的粗毛匪徒有两头。它们在凌晨的行踪很好回溯：它们各自逮了一只羊，带着猎物跳

1.全名为纳撒尼尔·霍桑（Nathaniel Hawthorne，1804—1864），美国心理分析小说的开创者，被称为美国19世纪最伟大的浪漫主义小说家。

出畜栏的栏杆，像猫带着老鼠一般轻松，跑到距离畜栏约90米的地方，把羊放在杉树脚下，开始享用大餐。早餐后，我出发去寻找剩余的羊，走了相当长一段路才找到七十五只，直到下午才在卡洛的帮助下把它们赶回羊群。到底有没有把羊全找回来，我也不清楚。今晚我得把营火烧得旺一些，守上一夜。

我问比利为什么要把床安在畜栏旁的朽木渣上，明明有那么多更好的选择。他回答说万一有熊来袭，他可以尽量离羊近一些。这次熊真的来了，他却把床移到离羊最远的地方去了，大概是怕被当成羊吧。

这一天都在为羊折腾，研究当然也无法继续。不过，黎明前走在阴森的树林里的经历还是颇为值得，而且我对那些魁梧的熊也有了更多了解。它们的足迹和留下的早餐残粪都非常好辨认。今天的天空几乎没有一丝云，正午自然也没听到熟悉的雷声。

8月6日

昨晚，营地的树林被照得通明透亮，为了赶熊，我们烧起一大堆营火，这也是我们失去睡眠和绵羊后的亡羊补牢。粗大的圆木被烧得通红，仿佛像点燃它们的火焰一般直冲天际。然而，还是来了一只熊，看来火焰的威吓也抵不过羊群的吸引力。它爬进畜栏，杀死了一只羊，又带走了它，整个过程没人察觉，另外又有一只羊压在畜栏边上，被同伴踩踏窒息而死。这些匪徒尝过了羊肉的滋味，以后要阻止它们劫掠恐怕就难了。

堂·吉诃德今天从低地上来，带来了粮食补给和一封信。在听说自己的损失后，他决定立刻将羊群迁到图奥勒米河上游流域去，说我们如果还留在这里，熊必定每晚都会闯进来，火和声音都吓不着它们。天空晴朗，只在东方的地平线上有几片泛着光的薄云。远处依稀可闻滚滚雷鸣。

第八章

莫诺小道

The
Mono
Trail

8月7日

清晨，我们跟熊和快乐的银冷杉营地道别，沿着莫诺小道缓缓往东而去。日暮时我们在一片开满鲜花的小草甸上扎营过夜，我去特纳亚湖考察的路上曾经在这些地方流连忘返。在大自然的花园内，风尘仆仆又吵闹不休的羊群显得突兀且格格不入，比闯入羊群的熊还要扎眼。它们对这片花园的摧残着实令人心疼，但我的期待也随着烟尘和喧嚣升起：等有一天我挣够了钱，就可以随心所欲地漫步在最纯粹的荒野。我将带着饱满的行囊出发，食物袋空了就去最近的救济点补充口粮。为口粮奔走往返也并非浪费时间和精力，因为不管上山还是下山，踩在这神圣大山上的每一步都有着实在的意义。

8月8日

今天我们在特纳亚湖西端扎营。天色尚早，我沿着湖北岸被冰川打磨得光亮的石滩走了一圈，还爬上了湖东端的那座雄伟的石山，现在它正在斜阳下熠熠生辉。这块巨石表面的每一寸都能看出大冰川遗留下的凿刻和打磨的痕迹，尽管它高出湖面约600米，最高处能达到海拔3000米，却也难逃被冰川完全覆盖的命运，连山顶都曾被厚重的冰层横扫而过。从岩石上的刻痕和破碎情况判断，这条古老而壮观的冰川洪流来自东边。即便是湖面下的部分石块上也有沟槽、划刻和打磨过的痕迹，波浪的拍打和磨蚀还没来得及磨平哪怕是最浅的冰蚀痕。在有些陡峭而光滑的地方，我必须脱下鞋袜，赤脚才能爬上去。这里是研究造山运动中冰川作用的好地方。我还在这儿发现了许多迷人的植物——北极菊、福禄考、白色绣线菊、线香石南；还有峭壁蕨、旱米蕨、漠米蕨等岩生蕨类生长在风化的石缝中，一路延伸长到山顶；强健的刺柏灰棕相间，像古老而庄严的纪念碑，无畏地挺立在处处岩缝中，讲述着千百个严冬里关于风暴和雪崩的故事。但我觉得最美的风景还是站在山巅俯瞰湖面。湖的最上头同样立着一座孤零零的石山，比我脚下这一座更引人注目，虽然高度不及它的一半。那是一块球状凸起的光滑花岗岩，看上去大约300米高，像被湖水磨圆的鹅卵石一般光滑无瑕，质地坚硬，大概抵抗住了铺天盖地的冰川洪流侵蚀，它才得以立在这里。

我画了一张湖的速写，悠闲地走回营地，鞋底的铁掌打在石滩上的嗒嗒声惊走了花栗鼠和鸟儿。天黑后，我又来到湖边，空中没有一丝风，如镜的湖面倒映着天空和山峰，星辰、树林，还有那些鬼斧神工的岩石，并对它们的倒影进一步润色，使之加倍壮美。眼前的画面令人赞叹而又难忘，它不像是凡间的景象，只该属于天堂。

8月9日

我先于羊群出发，翻越过默塞德河和图奥勒米河流域的分水岭。霍夫曼山脉的东端和大教堂峰周围的大片岩石山之间，虽然因为有山脊和层层起伏的山丘而显得并不平坦，但看得出这也曾是一条广阔的古冰川在横扫山脉顶峰后奔涌而过的通道。为了跨越分水岭，冰河从图奥勒米河盆地的草甸开始抬升了大约150米，整片区域肯定都曾经处于冰川的覆盖下。站在分水岭顶部和图奥勒米大草甸上都可以看到那座被唤作大教堂峰的奇妙山峰，无论从哪个角度来看它都独特非凡。这是由一整块石头构成的辉煌圣殿，直接由山岩砍凿而成，上面还有和大教堂一样的尖顶和塔楼，顶上的矮松则像是屋顶上的苔藓。真希望有一天我能爬上去念出自己的祷词，聆听岩石的布道。

图奥勒米大草甸是一片野花缤纷的草地，位于图奥勒米河的南岔口，海拔约2600~3000米，被森林和饱受冰川磨蚀的花岗岩带分割成好几块。这里的山仿佛被夷平或是推到一旁，无论往哪个方向看都视野开阔。一连串草甸最高的一头位于莱尔山（Mt.Lyell）脚下，较低的一头在霍夫曼山脉东端以下，总长应该在16~19公里。每块草甸的宽度不一，有些只有约400米，有些是前者的三倍，几条支流的水岸沿线还分布着众多小块草甸。这是我见过的最广阔宜人的高山乐园。空气清冽爽利，日间却很暖和，尽管它已经高居于穹顶之下，但四周环峙的山峦却更为高大，让人觉得仿佛置身于被群山守护着的雄伟厅堂之中。达纳山（Mts. Dana）和吉布斯山（Mts. Gibbs）是两座庞大的红色山峰，大约4000米高，耸立在东面成为高大的屏障，大教堂峰、独角兽峰（Unicorn Peak）和众多无名的山峰排列在南面，西侧是霍夫曼山脉，东侧则是一排我不知道名字的山峰，其中有一座酷肖大教堂峰。草甸上的禾草大多纤细柔软，富有光泽，叶片极细，长成了如茵的密实草皮。禾草之上，开着紫色花朵的禾穗如同浮在空中，缥缈如雾。草地里有至少三种龙胆属植物以及众多鹰钩草、委陵菜、鼠莓、一枝黄花、钓钟柳，紫色、蓝色、黄色、红色，绚丽多彩，这些都有待我随后仔细观察。我们应该可以把大本营安在这一带，我就可以进周边山里进行几次长距离的考察。

折返途中，我在特纳亚湖以东大约4.8公里处碰上了羊群。今晚的营地就在分水岭上一个小湖旁的一小片扭叶松林中。我们现在位于海拔2700米左右，小湖的位置集合了多重因素——山脊之上、山峰侧腰、成堆的冰碛石环绕，大多数满足这些条件的水面都很小，有些只能叫作池塘。只有位于斜坡底部，水量较大的溪流流经的峡谷中，冰川朝下的推力达到最大，才能形成尺寸和深度可观的湖泊。追溯研究这些湖泊的历史成因和形态是特别令人快乐的工作。湖底的石块圆润光滑，湖水纯净至极，清澈如水晶。我见过的这些湖里都没有鱼，大概是因为瀑布的阻断，鱼无法到达这里吧。然而我总觉得，应该会有鱼卵在机缘巧合的情况下被带进湖中吧？比如说在鸭子脚上，或是嘴里，或是它们的食物中？它们或许可以像植物的种子一样散播。大自然有太多方式完成这样的任务。不管多高的山上，我在每一个沼泽、池塘和湖泊里都能找到蛙类，可它们又是怎么上来的？肯定不会是蹦上来的。在干旱的灌木林和岩石间长途跋涉对蛙类来说举步维艰。也许是它们条索状的胶质卵偶然间缠上或是粘在水鸟脚上带过来的？不管怎样，它们来了，而且体格健壮，声音洪亮。我爱听它们快乐的呱呱聒噪，在需要声响的地方，它们和鸣禽一样为自然增色。

8月10日

又是欢畅迷人的一天，体内沸腾的血液和激荡的神经电流让人不知疲倦，几乎有长生不朽的感觉。我从另一个角度欣赏了冰川破开的广阔分水岭，一遍遍眺望整个山区的神殿和草甸东面那些巨大的红色山峰。

我们在河流北侧的苏打泉（Soda Springs）附近扎营。赶羊过河很是费了番力气。羊被赶进一处马蹄湾内，挤成一团，几乎要坠入水中。虽然在迫不得已时它们游水能游得很好，却宁死也不肯轻易沾湿身体。绵羊对水的惧怕简直匪夷所思，令人费解，但它们确实生下来就怕水，大概在娘胎里就是这样了。我亲眼见过一只刚出生几个小时的羊羔，它这一生总共也就走过大约一百米的路，停在一条只有60厘米宽、约2.5厘米深的小溪边，羊群里所有其他羊都已经蹚了过去，只剩下母羊带着这只小羊羔留在最后，让我可以清晰地观察它们的行为。大部队一离开，焦急的母羊就蹚过了河，然后呼唤孩子跟上。羊羔小心翼翼地走到岸边，盯着流水，可怜兮兮地咩咩叫着不肯过去。耐心的母羊一遍遍回来鼓励它，却怎么都没用，就像《圣经》中站在约旦河波涛翻滚的水岸边的圣徒一样，根本不敢下水。最后，它鼓起所有的勇气，收起毫无经验的颤抖的腿，高高昂起头，仿佛知道溺水的滋味一般，急切地要让自己的鼻子露在水面上。终于，它惊天一跃，落在了几厘米深的水流中，似乎又惊呆了：自己并没有沉下去遭受灭顶之灾，只不过沾湿了几根脚趾。盯着亮闪闪的水面看了几秒，它跳上岸，安全干爽地结束了这次可怕的冒险。其实所有种类的野生羊都是山地动物，可它们的后代对水的恐惧实在是很难解释。

8月11日

天气晴好，万物都是亮的。午间下了十分钟雷阵雨。我整天都在河流北部一带漫步，了解周边的环境。我发现广阔的扭叶松林中有一个小湖和许多迷人的冰川造就的草甸。森林植根于一大片不断沉积的冰碛土中，树木高度相当一致，间隔也比下面牧场的杉林或松林要紧密得多。高矮整齐的树林意味着这些树的年龄相同或相近，如此规则的森林形态很有可能是山火造成的结果。我找到了好几块被漂得苍白的枯木，或是一大块，或是一长条，但在它们下面的土地上，新生的幼树已经平整而均匀地覆盖了地面。山火在这些树林里蔓延得飞快，不仅因为松树薄薄的树皮中饱含树脂，也因为它们长得密，脚下肥沃的土壤又为那些高大的阔叶草提供了良好的养分，这些易燃的草在无风的天气里也能迅速引火。这些被焚烧过的地块旁，横七竖八地倒着不少被连根拔起的树，有些树上树皮和松针尚存，看来是不久前刚被雷暴击倒的。我还遇到一只很大的黑尾鹿，雄性，鹿角的形状就像地上那些松树向上翻起的树根。

在稠密难行的树林中走了很久后终于豁然开朗，眼前是一片平缓的草甸。草甸长约2.4公里，宽约0.4~0.8公里，阳光充沛，宛如一口盛着光的湖泊，四周树很高，如羽箭般细长挺拔。这里的草皮和附近其他由冰川运动造就的草甸一样，主要草种都是柔滑的剪股颖属和拂子茅属禾草，它们开着紫花的圆锥花序，紫色的茎干也纤细轻盈，就像飘浮在绒绒绿叶上轻薄如雾的云彩。草地也被龙胆、委陵菜、鼠莓、鹰钩草以及被吸引而来的蜜蜂和蝴蝶装点得明媚动人。冰川草甸都很漂亮，但如此完美则委实罕见。和它相比，那些经过人工精心铺平、拍打、修剪过的休闲草坪都显得粗鄙简陋了。我愿意在这里一直住下去，它平静而与世隔绝，却又向着宇宙敞开，与一切美好事物沟通相连。在草甸的北部，我发现了一个印第安猎手的帐篷，营火还在烧，猎人们却还没结束追捕回营。

草甸一块连着一块，每一块都妙不可言，穿过一片片湖畔的树林和笔直挺拔的环湖林带，我继续往北，朝着康内斯山（Mt. Conness）走去，处处都美不胜收，周围的群山也在向我召唤："来吧，快来！"但愿我能把它们走遍。

8月12日

海拔高度虽然不同，但天上的风景却少有变化。云量约占天空的百分之五。珍珠般灿烂的积云染上了一层微妙得难以形容的紫色调。我们把营地搬到了昨天提及的那块冰川草甸的一侧。在如此神圣的地方放羊肆意践踏简直是一种暴行。幸好它们更喜欢叶宽汁多的披碱草和其他种类的林地草，对草甸上那些柔软细滑的草兴趣不大，几乎从不涉足，也不去啃食。

牧羊人和堂·吉诃德因为放牧的方式起了争执，堂·吉诃德认为比利放狗赶羊放得太勤了。今天争了几次后，牧羊人高声宣称，他愿意放几次狗就放几次，说着就启程回平原去了。我猜，这下看羊的重任要落在我肩上了，尽管德拉尼先生向我保证，他会自己先顶一阵子，然后回山下去另找牧羊人来，所以我还是可以自由活动。

又是一次收获颇丰的漫步。我往北走出森林来到整个盆地的最顶端，冰川运动在这里留下的痕迹极为清晰，非常有意思。山峰间的凹陷处像一个个采石场，荒凉如原始初生，冰碛碎片和大石块四散在这片冰川工厂的地面上。

回到营地后不久，我们迎来了一位印第安访客，大概来自我看见的那个狩猎帐篷。他说自己从莫诺来，和族人一起来猎鹿的。他就在离我们不远处打到了一头，扛在肩上，鹿腿用原本绑在额头上的饰带捆在一起。他放下猎物，用印第安人的方式面无表情地盯看了几分钟，然后砍下差不多3.6~4.5公斤鹿肉，要求置换他看到的和想得到的东西——面粉、面包、糖、烟草、威士忌、针等等，每样各"一点儿"。我们给了他和鹿肉总价相当的面粉和糖，再加上几根针。在洁净的荒野上，这些黑眼睛、黑头发的野蛮人过着一种肮脏而无规律的奇特生活，半幸福，半不幸——他们时而饥饿，时而丰盛，时而如死亡般沉静和怠懒，时而又令人钦佩，两种极端的生活不屈不挠地应着狂风暴雨般的节奏此消彼长，一如冬与夏的演替。他们拥有两种让文明的劳动者羡慕的东西——纯净的空气和纯净的水。有了这些，生活中的粗陋都算不得什么。他们的食物大多是高品质的浆果、松子、苜蓿、百合鳞茎、野羊、羚羊、鹿、松鸡、榛鸡，还有蚂蚁、黄蜂、蜜蜂以及其他昆虫的幼虫。

8月13日

全天艳阳高照，黎明和夜里的天空是紫色的，午间则是金色，没有云，也没有风。德拉尼先生带来了两个牧羊人，其中有一个印第安人。他们从平原上来的路上留了部分物资存在葡萄牙人的营地里，就在我们的约塞米蒂旧营地附近的豪猪溪旁，于是今天上午我带着一头驮东西的牲口出发，去把它们运上来。正午到达豪猪溪营地，本来可以在深夜赶回图奥勒米营地，结果在葡萄牙牧羊人的迫切要求下，我还是留在下面过了一夜。他们告诉我不少悲伤的故事，都是与约塞米蒂的熊所造成的损失相关，他们与我们一样饱受侵扰，甚至灰心丧气地打算离开山区。熊每晚都会来，不管牧人怎么想方设法把它们赶走，总能掠走一两只甚至几只羊。

我花了一下午时间沿着约塞米蒂崖壁下好好走了一圈。站在最高点被叫作"三兄弟"(Three Brothers)的岩石上，整个峡谷上半部分以及峡谷两侧和前方所有崖壁构成的恢宏画卷一览无余，远景还能看见点点雪峰。春天瀑布和内华达瀑布也在画面中，实在是太壮观了！岩石的威猛厚重、亘古绵延之美与植物的纤弱细致、短暂易逝之美交相辉映；雨水从雷声滚滚的云层中呼啸而下，却又在草甸和树林间流淌得极其轻柔娴静。我站立的位置大概位于海平面之上约2400米，峡谷底部以上约1200米，从这里看每一棵树都很小，形如羽毛，但非常清晰，树影轮廓鲜明，和我们平时在近处看时没什么两样，甚至线条更为锐利。我实在是无法用语言来描述这座山地公园的精致和迷人，它是大自然的景观花园，既崇高庄严，又温柔娇嫩，难怪令世界各地的大自然爱好者憧憬向往。

站在高峰之上，冰川活动的遗迹也清晰可见。如今在阳光下展颜微笑的美丽峡谷不仅曾经盛满了冰雪，而且还曾被冰川深埋。

我回到之前位于印第安溪（Indian Creek）源头的约塞米蒂营地看了看，发现那里已经差不多被熊踏平了。熊吃掉了所有被压在畜栏壁上窒息而死的羊，此外，肯定还有一些大型动物也死了——德拉尼先生离开前，往动物尸体上投放了大量毒药。每一个养羊人都随身带有毒杀土狼、熊和美洲豹的番木鳖碱，虽然高山地区土狼和豹子都不多见。长相类犬的狼在山麓和平原地区要多很多，毕竟那里的食物供应更加充分。我只在海拔2400多米见过一次豹子的足迹。

日落后，我回到葡萄牙人的营地，发现爱上了吃羊肉的熊正让几个牧羊人愤恨不已。他们抱怨："这些家伙越来越嚣张了。"熊现在已经不耐烦等到天黑后再吃晚餐了，光天化日之下就跑来抓羊吃。我来的前一天，两个牧羊人在日落前半小时正悠闲地赶着羊回营，就有一只饥肠辘辘的熊从只隔了几米远的灌木林中钻出来，目的明确地跑到羊群里掠夺。那个被叫作"葡萄牙人乔"的牧羊人随身带着一杆装了大号铅弹的猎枪，他冲着熊猛烈地开火，紧接着迅速找到最近的合适的树并爬到安全的高度后才敢察看自己的射击成果。他的同伴也跑了，但他说他看见那只熊用后腿站了起来，两只前臂高高举起，像是在找人，不过它随后又钻进了林子里，可能受伤了。

他们在附近营地驻扎时，曾经有一只熊带着两只幼崽在日落前羊群回栏时发动了袭击。乔立刻爬上树脱离了危险，另一个牧人安东指责他放弃职责是懦夫行径，说自己不能眼睁睁看着熊在大白天就把羊吃光。所以，他冲向那些熊并大声呼喊着，还放狗去咬它们。受惊的小熊慌忙地爬到树上，母熊见此气势汹汹地向牧羊人冲过来，像要决一死战似的。安东看着熊逼近，呆呆站了片刻，马上也调头跑了，熊跟在后面紧追不舍。他找不到合适的树可爬，只好奔回营地，跌跌撞撞爬到一栋小木屋的屋顶上。熊追来了，却没有爬上屋顶，只是站在下面盯着他看了好几分钟，把他吓得魂飞魄散。熊还是离开了，把幼崽从树上叫下来，闯进羊群逮了一只作为晚餐，随后就消失在灌木林中。熊一离开小屋，浑身发抖的安东就求乔帮他找了一棵安全的树，像海员爬桅杆一样飞快地上了树，在上面待到再也抓不住了才下来，那棵树被他弄得几乎光溜溜的只剩树干了。这次惨痛的遭遇后，两个牧羊人砍了一大堆干木头堆起来，每晚围着畜栏点一圈火，还在旁边的松树上搭了个还算舒适的台子，每晚都有一个人带枪坐在上面守夜，密切关注整个畜栏的动静。今晚燃起的火圈非常漂亮，让周围的树林从黑暗中完全清晰地浮现出来，照得数千只羊的眼睛像一大片钻石矿般闪闪发光。

8月14日

昨晚上床睡觉时，周围一片寂静，可我们时刻都在等着那些粗毛匪徒的出现。它们直到快午夜才来，两只大胆的熊从两个大火堆之间走到畜栏旁，翻进去，杀死了两只羊并造成近十只被憋死。可树上那位被吓傻了的守夜人却一枪未发，他说熊闯进畜栏后他才看清楚，又怕开枪打到羊。我告诉牧羊人，他们应该马上把羊群转移到别的营地去。他们悲叹说："没用的，没用的。我们去哪儿，熊就跟到哪儿。看看我们那些倒霉的死羊吧，很快就全都要死光了。没必要转移了，直接回去吧。"后来我才得知，他们比正常情况下提前一个月逃下了山。如果熊的数量再多些，破坏性再大些，大概所有羊群都得避开了。

令人奇怪的是，熊如此爱吃肉，甚至可以为之冒着枪火和毒药的危险，却从不攻击人类，除非是为了保护幼崽。对熊来说，趁我们熟睡时来袭击实在是轻而易举，没有任何风险。可似乎只有狼和老虎学会了猎人为食，也许还要加上鲨鱼和鳄鱼。我想，也许在世界的某个角落，蚊子和其他昆虫会把人瓜分一空，狮子也有可能。豹子、狼、土狼和美洲豹在饥饿难耐时偶尔也会攻击人类，但一般情况下，陆地动物中能称得上是食人兽的也许只有老虎——或许还可以加上人类自己。

和平日一样，云彩大概覆盖了天空的百分之五。又是灿烂的山居一日，温暖，干爽，芬芳，清澈。许多开花植物已经快要结籽，但每天还有许多正在展开花瓣，杉树和松树的香气比以往更加馥郁。它们的种子快熟了，很快就会成群结队张着翅膀快乐地飞舞在空中。

回图奥勒米营地的路上，沿途风光让我觉得比第一次来时更美更迷人，一切似曾相识，就好像我一直在此长住。奇妙的大教堂峰让人怎么都看不够，它是我见过的岩石或山峰中最为奇特的一座，能与之媲美的大概只有约塞米蒂南圆顶。森林也和蔼亲切，湖泊和草甸，还有欢唱的溪流都像是老友。我愿意永远住在这里！有面包和水就够了。就算不能四处漫游和爬山，就算被拴在草甸或树林中的一截木桩、一棵树上我都心甘情愿。沐浴在这样的美景中，看群山始终变幻的风貌，看在山下时无法想象的灿烂星辰，看四季轮回，听水和风和鸟的声音，都是无穷无尽的快乐。我能看到多么壮丽的云乡，无论是狂风骤雨还是寂然无声，这里每天都会呈现出一个新的天堂。我又会有多少访客，肯定没有一刻无聊的时光。我的心愿过于放纵和夸张吗？稍有常识的人就会明白我所追求的是一种健康的标识——一种真实、自然，令所有感官全然清醒的健康。我在这里参演的是上帝的一出没有谢幕的戏剧，它的台词、音乐、表演和布景就是太阳、月亮、星星和霞光。创世才刚开始，晨星"仍在一起歌唱，上帝的众子欢呼。"[1]

1.出自《圣经·约伯书》第38章，原文为" still singing together and all the sons of God shouting for joy"。

第九章

布拉迪峡和莫诺湖

Bloody Canon

and

Mono Lake

8月21日

刚从一次愉快的野外考察回来，路线是翻山经莫诺通道，也就是布拉迪峡到达莫诺湖。一整个夏天，德拉尼先生对我都很好，随时乐意向我伸出帮助和同情的手，简直把我狂热的理念、研究和多方游荡都当作自己的事业。他是个卓越的加州人，经历过淘金潮中的沉浮挣扎和打磨重塑，就好比被冰川碾过，山地方才显露出最坚硬峥嵘的个性。这个身材挺拔、骨架魁梧、胸怀宽广的爱尔兰人曾在梅努斯学院[1]学习做一名神父，他有不少优秀的品质，且在这片山野的背景下更显耀眼和出色。他了解我对山野的热爱，有一天傍晚，他建议我去布拉迪峡看看，说那里一定会让我觉得足够原始和本真。他自己也没去过，不过曾听很多采矿的朋友提起过那里是整个内华达山脉中最人迹罕至的山道。我当然很想去。那条山道就位于我们营地东面，从山脉顶峰直到莫诺荒漠边缘，山路险峻，在区区6公里多的距离内海拔就陡降1200多米。在1858年掘金的白人到来前，这里一直都是野兽和

---

1. 梅努斯神学院：Maynooth College，全称Saint Patrick's College Maynooth，爱尔兰国家神学院。

印第安人行走的通道，起点处汇聚的好几条古老的小道可以证明这一点。这条峡谷或许得名于遍布于谷中的红色变质板岩，又或许是源于那些不幸从崎岖的岩石上失足滑落的野兽洒在石壁上的斑斑血迹[1]。

一大清早，我就将笔记本和面包拴上皮带，满怀期待地迈开大步出发了，心情雀跃仿佛是要去参加盛大的狂欢。但走着走着，一路伴随着的冰川草甸让我急匆匆的脚步平静下来，草地上蓝色的龙胆、雏菊、山月桂和矮越橘花盛开，像久别重逢的旧友一样向我问候。我一路走走停停，忙于察看沿路那些光亮的岩石，在古冰川的巨大力量下，它们被打磨得异常光滑，有几处甚至如镜面一般反射着强烈的阳光。透过放大镜能够清晰地看见岩石上的细微划痕，由此可以判断出冰川前进的方向。在有些被打磨过的石坡上会突然出现断层，说明这个位置上原本矗立着大型岩块，后来受到冰川挤压，连带着碎石一起被推走了。冰碛石有些四处散落，有些堆砌规整，形成弧形的长轨和堤坝，比比皆是，让该地区的地貌显得相当年轻，仿佛形成未久。我一路上行，身旁的松树变得越来越矮，其他植被几乎也都相应地发生了矮化。在通道南侧，猛犸象山（Mammoth Mountain）山坡上的树林中，我发现有许多沟壑，从林带上缘一直延伸到坡下平坦的草甸上，显然是由于雪崩所到之处带走了一切树木和它们脚下的土壤，从而使基层的岩石裸露出来。树几乎都被连根拔起，只有几棵恰巧位于岩石缝中的从接近地面处折断。第一眼看到这种景象会让人觉得不可思议，大自然可以让树木安然生长一个世纪甚至更久，为什么又让它们在暮年时被

1.指代布拉迪峡，Bloody Cañon，意为血峡。

致命一击扫落？这样的雪崩只可能在极其罕见的天气和降雪情况下发生。从山坡上某些地方的坡度和平滑度看，雪崩无疑每年冬天，甚至每场暴雪过后都会发生，没有树能在雪崩槽中幸免于难，连灌木也不可能。我看到好几条被这样扫荡一空的斜坡，看来这里经历过一场"世纪大雪崩"，被连根拔起的树全都堆积在沟槽两侧的树下，树尖朝下，排得整整齐齐，只有少数几棵被带到下面开阔的草甸上，雪崩在那里终于停下了脚步。被冲刷得一干二净的沟槽中，已经有树苗萌生，大部分是岭黑松和白皮五针松。研究一下这些小树的年龄应该很有意思，据此可以比较准确地推断出几次大雪崩发生的时间，它们很有可能大部分都发生在同一个冬天。如果我能深入研究下去该有多好！

在通道起点，接近峰顶之处，我见到了一种完全平贴地面的矮柳，它们铺成了一块精细、柔软，泛着丝绸般光泽的灰色地毯，无论树干还是枝条都不超过8厘米，即将成熟的柔黄花序却立得笔直，而且排列紧密整齐，望过去一片灰白，比树的其他部分都要大。这种有趣的矮柳有些只有一枝花序——已经无法更矮小了。此外还有几片矮越橘林，它们也形成了平滑的地被，紧贴地面或是岩石侧面，上面开满了圆形的粉色花朵，仿佛从天空跌落到人间的冰雹般密密麻麻。再往上一点，差不多在通道的起点上，盛开着蓝色的北极菊和紫色的线香石南，它们是群山的宠儿，这些温柔的山野居民与天空脸对着脸，群山动用了万千奇迹使得它们安全、温暖。家园越荒凉，风暴越肆虐，这些花朵就越娇艳越纯净。这里的树木坚韧顽强、富含树脂，然而在树木也无法攀爬和生存的高度上，却总能看到这些柔弱的植物的身影还在继续向上，那些灰色和粉色相间的花毯一直铺到和深坳的雪线相接。这里也有我们熟悉的知更鸟，它们在花毯上蹦蹦跳跳，勇敢地唱起欢歌，还是那支我孩提时代从苏格兰刚到威斯康星州时聆听过的歌。有良朋相伴的旅途令人愈发兴致勃勃，我完全忘了自己走了多久，最后终于来到通道的入口，置身于重重巨石合围之中，氛围神秘而又令人震撼。就在这时，我被一群毛茸茸的怪物吓了一跳，它们闷声不响、拖拖拽拽或滚或爬地冲我走来，身体里仿佛没有骨头。如果是在远处发现它们，我一定会避开，它们和我刚刚欣赏的画面实在是反差太大。走近了看，我才发现这只是一队从莫诺来的印第安人，身上扛着大包的橡子要去约塞米蒂。他们裹着用草原兔皮毛缝成的毯子，有些人脸上的污垢又硬又厚，都快具有地质学意义——可以用来判断年代了；有些人的脸庞则被深如裂缝的疤痕和皱纹分割成条条块块，模糊不清，难以辨认出那是一张人脸，他们饱经风霜的面容似乎年复一年暴露在日晒雨淋下。我没停下脚步，想直接过去，可他们不允许，沉着脸将我围困起来。他们向我讨威士忌或烟草，我费了好大劲才让他们相信我身上并没有这两样东西。等到这群阴郁灰暗的身影终于消失在山路上时，我不由得暗自庆幸。不过，就算他们不够开化，对自己的同类怀抱如此深重的排斥之情也真是令人悲哀。比起人类来，松鼠和土拨鼠的陪伴更受我欢迎，这么说确实不近人情。于是，隔着一座山，我借着一缕清风遥祝他们一路顺风，并且用彭斯[1]的诗歌祈祷："那一时刻终将来临，不管怎样。人就是人，不管怎样。普天之下都是兄弟。"[2]

1.罗伯特·彭斯，英国诗人。

2.出自彭斯的诗歌《无论何时都要保存尊严》（ *A Man's A Man For A' That* ），原文为："It's comin yet for a' that, that man to man, the warld o' er, shall brithers be for a' that"。

这一天不知不觉就过去了。从地图上看，我只走了大约16~19公里，但此时太阳已经挂在西边，看来我在冰川造就的岩石、冰碛堆和高山花床中观察、写生和笔记，花费了太多的时间。

日落时，昏暗的峭壁和山峰映上了美得难以言喻的染山霞，天地被笼罩在庄严肃穆的静寂中。我静静走到峡谷起点附近的一口小湖旁，找到一处山坳，平整好一块地作为今晚的栖身之所，又收集了一些流穗般的松叶铺床。短暂的暮光渐渐黯淡，我生起一堆温暖明亮的篝火，烧一壶茶，然后便躺下望着星空。很快，夜风从头顶的雪峰吹下来，起初还是轻柔的微风，渐渐风声开始逐步增强，不到一个小时就轰隆作响起来，仿佛被巨石挡道的溪水在狂暴地咆哮，一路吼叫嘶喊着冲下峡谷，要去完成它们肩负的重要使命，要奔向它们命运的终点。应和着风暴的声调轰响的还有峡谷北侧的瀑布声，水声时而清晰入耳，时而被大风盖过，和着风声一起唱响荒野的颂歌。火堆的焰舌扭动，忽明忽暗，仿佛有些不安，尽管位于避风的角落，但大股冰凉的风时常让人觉得上面就是冰山。寒风吹散了火苗和炭屑，我不得不躲远一点，以免被火星溅到。但那些饱含树脂的大树根和多瘤的矮松不可能屈服，也不可能熄灭，火焰一会儿像长矛一般直刺天空，一会儿又被吹得平绕着地面的岩石翻卷，呼呼的火声仿佛在讲述它们还是一棵树时经历过的风暴故事，而明亮的光焰倾诉的则是它们在几百个夏季里积蓄的阳光。

巨大黢黑的悬崖间，星星在一线清澈的天空上闪烁。我正躺着梳理今天的收获，一轮满月突然翻过峡谷壁看下来，满脸热切，令人惊异不已，仿佛它离开天上的位置下到崖间就只是为了来看我，就像一个闯入他人卧房的偷窥者。这时候很难清醒地意识到，这轮月亮一直在原位俯瞰着半个地球，陆地和海洋都在它的视野中，高山、平原、湖泊、河流、大海、船舶、城市以及生活其中的众生，无论他们在酣睡还是已清醒，疾病还是健康，都看得清清楚楚。不，此刻它仿佛就挂在布拉迪峡的峭壁边缘，只看着我一个。这才是和自然的真正亲近。我还记得在威斯康星的栎树上升起的秋月，大小和800米外的车轮差不多。除此之外，应该说我之前从未好好看过月亮，今夜的它看起来充满生命力，而且那么近，那么令我赞叹，让我将这一夜隽永地铭刻在了回忆里，让我忘了印第安人，忘了头顶那些黑魆魆的巨石，也忘了狂风呼啸和参差嶙峋的峡谷里奔涌的流水。自然而然，这一夜我没睡好，满心期待地迎接黎明降临在莫诺荒漠。

等我烧好茶喝下，阳光已经照进了峡谷。再度启程，我满心憧憬地看着那些红色板岩的巨大石壁，那上面裂缝纵横，伤痕累累，只要来一场大雪崩就会随之滚落下去将通道堵住并填满那一连串小湖。可很快，它们的美就显现出来了，我轻快地在岩石间跳来跳去，欣赏着这些光滑的大个头在斜照的阳光下熠熠生辉，乱石成堆的冰碛和雪崩沟槽，甚至峡谷顶部靠近冰层的部分也都一片朝晖。大部分昨天我在山峰的另一侧见到的低矮植物也同样在这里出现，绽放中的花朵就像纷纷睁开的美丽眼睛。大自然对如此荒僻之地也付出了温柔的关爱，万物都沐浴在它的荣光下。一只小小的乌鸦伴着峡谷间盘旋的气流在岩石间翩翩起舞，一会儿冲到冰湖去享用早餐，一会儿又开始欢唱，仿佛这条巨大而崎岖的雪崩峡谷是它们在山地家园中最钟爱的欢乐场。峡谷北壁有一条高山瀑布，仿佛从云霄直落而下，除此之外还有一连串狭窄的小瀑布，顺着变质板岩倾斜的裂缝流淌，像明亮的银色绸带一般在红色的悬崖上曲折蜿蜒，时而收窄成依稀难辨的细细一条，时而又在突起的岩石间轻快跳跃，变成稀薄的雾状水帘，一层层过滤着洒落的阳光。峡谷中的所有流水都汇入最大的一条溪流，这条溪流上大小瀑布和急湍一路不绝，一直延伸到峡谷底，途中只有几口湖泊让狂奔累了的水流稍事休息。最漂亮的瀑布之一是位于绝壁上的泄水，水流分散成绸带般的细条，沿着岩石裂缝流淌交织成钻石形，旁边有一丛丛线香石南、禾草、莎草和雨伞草掩映。谁能想到，如此荒蛮的地方却会有如此精致的美景？每一处角落和山坳都有鲜花怒放——高山之巅有苞蓼、飞蓬、雨伞草、龙胆、崖羚梅、亚灌木报春；山腰有翠雀、耧斗菜、鹰钩草、火焰草、蓝铃花、柳兰、堇菜、薄荷、菁草；山麓附近盛开着向日葵、百合花、狗木花、鸢尾、忍冬和铁线莲。

我给最小的一处瀑布起名叫"花荫瀑布"（Bower Cascade），因为它位于山道下部，繁花如雪，植被葱茏。野蔷薇和狗木繁密交织跨越于溪流之上，花荫之外，又有多条支流汇入，让溪水更为有力地向前跃入阳光里，然后又以弧线跌进一条带着凹槽的弯道中，激起密密一片闪亮的水花。峡谷底部有一口湖，至少有一部分成因是溪水被冰川末端的终碛拦阻。峡谷中另外三个湖的湖盆都是被冰川侵蚀的坚硬岩石，冰川的挤压力在这里达到最高点，湖盆最坚固的边缘部分被打磨得格外光滑精细。冰碛湖再往下，峡谷底的大型冰碛带之间还分布着几个古湖盆，这些冰碛带一直延伸到荒漠中。古湖盆现在已被溪流带下来的冲积物彻底填满，变成了干燥的沙质平地，上面长满禾草、蒿草和各种喜阳花卉。历史上无数次短时期内的气候反复或大雪频降延缓了这里冰川消退的脚步，使得终碛坝堆积成型，在这些地势低洼处围出了一个个湖盆。

站在莫诺平原阳光灿烂的边缘抬头回望峡谷，我这一上午的旅途显得极不真实，两者间的植被和气候变化实在是大相径庭。冰碛湖畔盛开的百合花高过了我的头，阳光充足温暖得连棕榈树都可以生长，可一抬头还能看到山道顶上冰雪环绕的极地花田，中间只相隔大约6.4公里，就囊括了地球上所有主要气候带的植物样本区。在一个多小时的时间内，我们可以从冬季到夏季，从极地到酷热地区，途经的气候带变迁相当于从加拿大东北角的拉布拉多（Labrador）走到美国东南角的佛罗里达（Florida）一样。

看来，在峡谷顶上遇到的那队印第安人上山前曾在山下过夜，我在冰碛湖附近的一条小支流旁找到了他们还冒烟的火堆。离湖八九公里处是那片被称为"莫诺荒漠"的地区边缘，走在披碱草(也称野黑麦)地里，一丛丛翻飞起舞的草叶高达1.8~2.4米，上面顶着长约15~20厘米的麦穗。麦子已经熟了，印第安女人们采收野黑麦的方式是抓上一大把折弯，在地上把麦子击打出来，然后在风中扬起吹去外皮。麦粒不到2厘米长，深色，味甜。用它做面包的话，味道一定不比小麦面包差。女人们采野麦的动作像松鼠般轻盈流畅，她们显然也很享受这项劳动，一边聊天一边放声大笑，纯真得几近天然。然而，和我们这些受过文明熏陶的白人比起来，我见过的大多数印第安人并没有真正做到与自然为伍。也许熟了以后，我会更喜欢他们。可他们身上最糟糕的一点就是不干净。真正属于大自然的物种都是洁净的。莫诺湖畔有几座摇摇欲坠的小棚屋，旁边的一条溪流急匆匆地向着死水湖奔去，他们就在这种用细小灌木枝搭建的棚子下吃饭睡觉生活，怡然自得。硕果累累的高大灌木林中，有些人躺在下面大嚼通红的水牛果。这种浆果味道寡淡，但营养大概很丰富，因为据说印第安人可以好几天，甚至好几周都仅仅靠此果腹。在这个季节，他们也会一连数日以昆虫幼虫为食，其中最主要的一种是靠湖中盐水繁殖的肥壮的飞蝇幼虫，还有另外一种以西黄松叶为食的蚕幼虫，又肥又大，还带着波纹。有时他们会组织盛大地追兔子活动，聚集在湖岸上用棍棒击杀好几百只兔子。狗、男孩、女孩、男人、女人一齐上阵，还用艾灌丛燃起一个个火圈，被围追堵截吓成傻了的兔子在湖边挤成密密一团，很快就被乱棍打死。兔皮会被用来做毯子。到了秋季，猎手们的积极性被激发起来，他们打来许多鹿，偶尔还会有在高山地区猎到的野羊。山区内的山麓上曾经生活着大量羚羊。榛鸡、松鸡和松鼠可以供在他们吃虫子之余换换口味，从小而奇特的单叶果松上采来的松子同样是很好的调剂，用橡子和野黑麦做的面包、煮的粥也很不错。然而，他们最喜欢的大概还是湖里的肉虫。湖岸上一线一线堆了不少被水冲上来的虫子，他们收集起来晒干，作为冬季的储备粮。每一家都在湖岸上划分好了专属领域，据说他们的部落和家族之间时常会为抢夺虫子产地爆发战争。单叶果松的松子十分美味，每年秋天他们都要大量采集。山脉西侧的部落会用橡子和他们交换肉虫和松子。女人们背上驮着沉甸甸的货物穿过崎岖的通道下山，每次要跋涉64~80公里。出人意料地，湖边的荒漠上也开满了野花。蒿灌丛中生长有许多耀星花、沙马鞭、紫菀、无舌黄花和吉莉草，看来灼热的阳光很合它们的脾性。美女樱开得尤其漂亮，纤巧芬芳，可爱极了。

正对峡谷出口的，是一连串火山锥，从湖畔一直往南延伸，出了荒漠后陡然上升，形成了一条山脉。最大的一座火山大约高出湖面760米，山口形状完整，相对而言，它们显然是这片风景中的新生物。隔着几公里看去，一座座火山锥就像一堆堆松软的灰烬，仿佛从未经受过雨雪的滋润赐福，但无论如何，已经有西黄松爬上了灰色的山坡，努力想给它们换上新装，在灰烬上创造出美好。眼前处处都是奇妙的对比——白雪皑皑的山峰簇拥着炎热的荒漠，冰川打磨得光滑如镜的石滩上洒满焦土和灰烬，这是冰与火携手创作的迷人妙境。湖中也有几座火山岛，说明这里还曾经上演过水火交融的奇景。

尽管在灰蒙蒙的东部山脉探索十分有趣，但回到满目苍翠的另一侧还是令我心情愉快。群山这本大自然的手稿里记录下了每一次冷暖交替和气候变迁，每一季风调雨顺和暴风骤雨，每一座隆起的火山和每一条碾磨地面的冰川，它使我们懂得自然万物有毁灭也必有新生，这个过程不过是从一种形式的美转化为另一种形式的美罢了。

我们位于苏打泉北侧的冰蚀草甸营地一天比一天更加迷人。禾草覆满了土地，草叶却纤细如线，走在上面就像踩在无比丰厚柔软的剪绒地毯上，紫色的禾穗拂在脚背，却让人浑然不觉。这是一片典型的由冰川创造的草甸，位于已干涸的湖盆之上，俊俏的黑松如同接受检阅的士兵般一排排整齐笔挺，在边缘划出清晰的界线。这一带树林中还有许多同类型草甸。沿河的大草甸大体相似——绵延不绝16~19.6公里，一马平川，少有阻断，但我们的扎营地依然是所有草甸中最精美的一块。哪怕是鲜花怒放的威斯康星和伊利诺伊州大草原也不及这里的花卉植物种类丰富。这些缤纷的花朵大多分属三种龙胆，一种紫白相间的鹰钩草，一两种一枝黄花，一种和龙胆极为相似的小型蓝色钓钟柳，另外还有委陵菜、鼠莓、马先蒿、白色堇菜、山月桂和线香石南。草地上没有一根杂草刺眼。贯穿这片花毯的，是一条静静淌过的小溪，流转间小心翼翼，不敢弄出一丝声响。大部分河段宽约0.9米，不时又漫延成1.8~2.4米宽的水塘，水面平静无波，长满青苔的草皮圆润地包裹着水岸，向着水面倾斜的草穗像一棵棵微小的松树，沉落的大卵石上散布着一片片线香石南花毯。草甸最低处，溪流饱含着它哺育的植物的汁液一路欢歌冲过倾斜的石台，奔向图奥勒米河。东方的地平线一带，巍峨宏伟的达纳峰和它的伙伴们，那些青翠的、赤色的、雪白的山峰在松林之上若隐若现，动人心魄；北方是一道嶙峋的灰色花岗岩峭壁连成的山脊；山顶有着奇特尖峰和城垛的霍夫曼山立在西方；南方则是大教堂山脉和它瑰丽的大教堂峰、大教堂尖顶、独角兽峰以及另外几座别的山峰，有些是灰色尖顶，有些则是巨大的圆顶。

第十章

图奥勒米营地

The
Tuolumne
Camp

8月22日

天空无云，带着凉意的西风吹起，草甸上起了轻霜。卡洛不见了，找了一整天。我在营地与河流之间的密林里发现了一只小鹿，它在深草和倒伏的松树间，起初似乎想向我走来，可我快要够到它时被几根树枝绊了一下，它马上掉过头轻盈地走开了，步伐小心谨慎，很像捕猎中的猫科动物。突然间，它仿佛听到了召唤或是猛然警觉，像一只成年鹿般猛地弓身跃起，飞跨过横在地面的树干，很快便不见了踪影。也许是母鹿在呼唤它，可我什么都没听到。我觉得如果不是听到召唤或是受到惊吓，小鹿一般不会走出栖身的灌木林或是远离母亲。

弄丢了卡洛让我非常难过。离这里不远的地方还有几座有狗的营地，希望我能找到它。它之前从未离开过我，这一带罕有豹子出没，而且那些猫科动物恐怕也不敢招惹它；它对熊经验丰富，不至于被抓到；至于印第安人，他们对它不感兴趣。

8月23日

凉爽，晴朗，颇有印第安之夏的味道。德拉尼先生去了位于赫奇赫查谷（Hetch-Hetchy Valley）以下，图奥勒米河畔的史密斯牧场（Smith Ranch），离这里大约56~64公里，所以我得独自在营地待近一个星期——不过，我并不会孤单，因为卡洛回来了。它跑到我们西北方几公里外的一个营地去了。当我问它去了哪儿，为什么未经允许就擅自离开时，它满脸羞惭，现下正努力想争取我的抚摸和宽恕，真是一条聪明得吓人的狗！压在心上的石头终于被搬走了，我下山时可不能不带上它。它似乎也很高兴回到我身边。

玫红和绯红相间的晚霞把天空映衬得格外瑰丽，星星很快显露了踪迹，月亮也升到达纳峰峰顶，气象庄严，令人难忘。我在月光下信步往草甸高处走去，黢黑的树影非常清晰深刻，仿佛实质，时常被我当作枯焦的圆木，不由自主地抬起腿准备跨过去。

8月24日

又是迷人的一天，太阳出来后很快就变得温暖而宁静，云量大约只占了天空的百分之一，几缕纤细的卷云淡得几乎看不见。轻霜，又是印第安之夏[1]一般的天气，群山的轮廓都变得温柔梦幻起来，峥嵘的棱角也明显模糊了许多。夜空呈现出干净柔和的深紫色，几乎和圣华金平原（San Joaquin plains）气候稳定时出现的紫色夜空差不多。月亮在达纳峰正上方看着我，空气清冽极了。不知世上还有哪条高度相当的山脉能拥有如此宜人的气候、如此慷慨的胸怀和热情，而且攀

1.印第安之夏：Indian summer，北美洲部分地区在冬季到来前的短暂回暖天气，类似我国的"小阳春"。

登起来也相对轻松。

8月25日

早晨依旧凉爽，很快就变得像往日一般平静温暖、明亮温朗。傍晚时分，寒冷的西风把我们都赶到了营火边。大自然所有群山环绕、鲜花遍野的厅堂中，没有一处比得上我们驻足的这片冰川造就的草甸。大群蜜蜂和蝴蝶终日飞舞在花间，鸟儿也还留在这里，尚未有迁居越冬的征兆，不过霜冻必然会让它们萌生去意。至于我，当然情愿留在这里度过整个冬季、整个人生，甚至每一个来生。

8月26日

早上霜冻，草甸上的草叶和部分松针上的露滴闪耀着七彩霓光，那是光的花朵。大朵形状奇特的云堆积在达纳峰上，垒垒如山岩，和山体一样略微泛红。地平线上晕出淡紫色的天空，松林的尖顶映在上面显得十分漂亮。我和平日一样在附近漫游，看变幻的光线，看草籽渐熟，草叶染上秋色；看迟开的龙胆、紫菀和一枝黄花；还可以时不时把视线从草上挪开，去看看最下层由苔类和藓类植物构成的奇妙世界；看看忙碌的蚂蚁和甲虫以及形形色色辛勤工作、纵情嬉戏的小家伙，它们跟森林中的松鼠和熊一样忙碌；当然，还可以研究湖泊、草甸，冰碛和山体刻蚀的成因；所有这些方面都会让你小有收获，整日沉浸在自然万物的安详之美中。

云特别多，但由于云朵本身比平日都要亮，因此并没有显得天色晦暗。云量大约是百分之十五，这个数字放在瑞士的话，可以算极其晴朗了。和我见过或是听说过的其他地方相比，大自然也许为这片宏伟的山脉投下了更充沛的阳光。这里有最晴朗的天气，冰川打磨出最光亮的岩石，壮观的瀑布激起弥漫的水雾，映出了最为绚烂的虹光，银冷杉和银叶五针松组成的森林色彩也最鲜亮，还有比任何山区都要清亮的星辉和月光，大概连闪光的矿石蕴藏都要比别的山脉更丰富；山间还有无数如镜的湖泊，它们纳入的光也更多，明晃晃的水面碎金耀眼。短暂的夏日暴雨后，清晨从一夜霜冻中苏醒，阳光穿透草叶和松针上的露珠折射出璀璨的光芒；山巅的朝晖和日落后的染山霞又叫人心神共醉。也许内华达山脉不该被叫作"雪之山"，而该叫"光之岭"。

8月27日

天空的云量仅有百分之五，大部分雪白和浅红的积云堆在霍夫曼山的横岭上直至日暮。清晨有霜，这些晶莹的露珠在寂静的夜里凝聚出了惊人的美丽和完美的形状，每一颗都像出自最庄严圣洁的神殿，值得永久留存。

远眺山间泻下的如练溪水让我们体悟：万事万物都在流动，都在奔往自己的目标。流水如此，动物和所谓无生命的岩石也如此。所以，积雪时快时慢地在构成美景的冰川和雪崩槽中奔涌；空气中的磅礴洪流裹卷着矿物、叶片、种子和孢子，大自然奏响的音乐和流露的芬芳也如涓涓细流汇入其中；水流携带的不仅有溶解其中的岩石成分，还有细碎的粉尘、泥沙、卵石和大圆石。火山口的岩浆如同流水喷涌；动物们聚集在一起，不管是走、跳、滑翔还是在天上飞、水里游，都会调整节奏组成流动的群体。连星星都通过宇宙脉冲流动，一刻不停，永无休止，仿佛无数血滴流动在大自然暖热的心脏。

8月28日

今天的黎明是一曲色彩的颂歌。天空中没有一丝云，地面凝结了少许白霜。十点之后天气逐渐回暖。龙胆花的花瓣看似柔弱，却对初霜没有丝毫惧意，每晚闭合仿佛沉沉睡去，在朝阳下醒来后依然鲜嫩如初。这一周开始草叶渐黄，但我曾踏足的地方尚未见到枯萎的迹象。每晚都有蝴蝶和大群的小飞虫被冻得僵硬，但正午前又会在草甸的阳光里盘旋飞舞，快乐顽皮的天性似乎毫不受影响。很快，它们就会像果园中的落英一般纷纷坠落，身体变得干枯皱缩，原本多如繁星的群体不留下一只在风中震颤的翅膀。然而，来年春天，还会有新的生命诞生，它们会欢欣鼓舞，仿佛在嘲笑寒冷和死亡。

8月29日

云量大约为百分之五，微霜，又是温和平静的印第安之夏。我花了一整天的时间凝望远山，观察变幻的光线。当群山披上光织成的外衣，身影变得越来越清晰，白色的天光染着些许浅紫，正午时最为浅淡，早晚时鲜艳饱满。万物都处在自觉的平和与深邃中，忠诚地等待上帝的谕旨。

8月30日

今天和昨天一样。几朵云浮在空中静止不动，仿佛只为装点碧空。地面已经可以结起霜花了，晶莹璀璨如冰钻矿场，却注定一夜即逝。大自然的建设总这么大手笔，先是摧枯拉朽，然后再创造，再毁灭，驱赶着每一颗粒子不断改变形态，永远在变化，永远都美丽。

今天上午，德拉尼先生回来了。他离开的时间里我从未感到过孤单，反而享受到了最盛情的陪伴。整个荒野仿佛都有了生命，都与我熟识且充满人性。每一块石头都会说话，和我称兄道弟，意气相投。这也难怪，我们毕竟同样拥有上帝这位父亲，和大自然这位母亲。

8月31日

云量只占天空的百分之五。丝丝缕缕的纤细卷云淡得几乎看不见，霜再次染白了草甸，但还没影响到森林。龙胆、一枝黄花和紫菀等秋花对天气的变化似乎浑然未觉，看似柔弱，花和叶却不改娇艳，每天开放、闭合，悄无声息，毫无挣扎。恢宏的群山间泛着神圣而祥和的光，就像沉默而激荡的喜悦常常能让人类的面容变得高尚起来。

9月1日

云量百分之五，完全静止，也没有任何特别的色彩，意味着今天没有雨雪。平静的一天。大自然的心脏又剧烈地搏动了一下，让花谢了，果子熟了，留待来年夏季。此时的她充满了生命力和对未来的计划，在达到极盛的同时从容地准备消亡，让死和生同样美丽，向我们诉说着什么是智慧、善良和不朽。

今天去了达纳峰，归期将近，我急切地想要尽量多看一些地方。峰顶景观辽阔深远，往东可以看到莫诺湖和荒漠，重重山峦看上去惊人的贫瘠、黯淡而荒凉，像是空中落下的灰烬堆积而成。湖泊直径13~16公里，水面像一只铮亮的银盘，湖岸上没有一棵树，目之所及是一片灰色，好像处处烬滓。往西看，莽莽森林覆盖在无数山梁、丘陵、有着环形纹理的圆顶山和众多次级山峰上，在每一道分水岭上勾勒出漫长的弧线，填满每一个山坳，看来不管是崎岖山地还是平坦的旷野，都积下了冰川带去的丰厚土壤层。沿着山脉的主轴往南北看，巍巍群山、峭壁和雪峰排列成行，河流从源头出发，向西流的一路朝着蛩声遐迩的金门大桥奔涌，最终汇入大海；往东流的目的地则是灼热的盐湖和荒漠，水流将在那里迅速蒸发回到天空的怀抱。数不清的湖泊在闪光，就像千万只在粗重的岩石眉毛下闪烁的眼睛，有些湖岸荒凉，有些绿树环绕，还有些静静嵌在黑森林中。树林中开阔的草甸也不计其数，或许比湖泊还要多。在冰碛物覆盖的山坡上和破碎的岩堆中，我发现了许多纤细而顽强的植物，有些还在开花。

此行最大的收获就是站在全景中看清楚了每个地形元素之间的整合统一与彼此的内在联系。湖泊和草甸正好位于古冰川流经的最陡峭的山坡脚下，冰层在那里堆积得最为厚重，所以它们的最长直径大致平行，同样和它们平行的还有生长在侧冰碛和中央冰碛上的弧形林带，以及冰川纪末期冰川消退时终冰碛上形成的宽阔平原。从圆顶山、山脊和横岭的形状上也能看到冰川运动的作用，它们目前的形状几乎就是古冰川横扫、挤压和研磨所形成的强大压力雕琢而成的，所以，它们不是抵抗力最强的幸存者，就是位置得天独厚的幸运儿。这里的一切都如此有趣！岩石、山峰、溪流、植物、湖泊、草地、森林、花田、鸟类、野兽、昆虫，每一样都在召唤我们去了解它的历史以及与其他事物的关联。可我这个孤陋寡闻的学者有机会来接受大自然的教诲吗？我幸运得连自己都难以置信。

炊事帐很快就会拆了，如果还剩几袋面粉、一把斧头和一些火柴，我就可以用松木盖一栋小屋，在周围堆起充足的柴火，安安稳稳在山里住上一个冬季，看在山间哺育生命的大雪，看鸟儿和野兽们在严冬里怎么生活，看被雪覆盖甚至掩埋的森林，看雪崩是什么模样，或是听它从山上一路轰鸣而下。可现在我得走了，所剩的余粮根本容不得我这么做。不过，我会回来，一定会回来。这世上令我魂牵梦萦的，唯有这片热情而神圣的山野。

9月2日

空中赤红、玫红与绯红交相辉映，这是无比灿烂辉煌的一天。不知道这样的天气预示着什么。这是相当长一段时间以来天色的首次明显变化，此前一直都是稳定的晴好天气：早晚的天空晕染着紫色，正午是凝滞炫目的白色。不过天色的变化并没带来风暴。天空的平均云量只有百分之八左右，树林里也毫无风的吟诵或叹息来暗示天气即将剧变。早晚的天空都映得红彤彤的，不是平日那种紫色的漫射光，而是直接打在一朵朵轮廓清晰、静止不动的云上，光源似乎就在群峰起伏的地平线附近。达纳峰和吉布斯峰的上方，一朵绯红色的帽状云徘徊不去，蓬松的边缘低垂，几乎完全挡住了山体下部，独独留出达纳峰的圆形峰顶，就像飘浮在硕大红色云朵上的一座孤岛。在吉布斯峰和布拉迪峡南面的猛犸象峰上，可以看见斑驳的积雪和片片矮松林，灿烂的绯红色帽状云把它们照得格外美丽。大自然在创造这朵云时毫不吝啬，将热烈的绯红浓厚地泼洒在上面，让它耀眼得简直可以跻身于群星之间独自发光。眼前的画面时时让人感叹大自然那无穷无尽、浩大无边的创造力，取之不尽、用之不竭，看似肆意挥霍，但用心品味它的安排，就会发现没有一丝材料被浪费或滥用。在它的画卷里，每样材料的每种形态都有它的作用，每一次运用都呈现出更高超的美。没有必要为挥霍而抱怨，为死亡而哀叹，我们能做的只有为宇宙永不灭绝、永无枯竭的财富欢呼喝彩，忠实地观看着、等待着身边的一切化解、消散、死亡，并坚信它们必然会以更好更美的形式重生。

我充满期待地看着天上红色国土的生长，那里似乎就要有新的山脉隆起。很快，那些孕育了图奥勒米河、默塞德河以及圣华金河北支流的雪白群峰也同样被装点上了灿烂的红霞，云彩似乎为了与这些宏伟的河流发源地映衬呼应而变得越发精妙。营地南面红云盖头的大教堂峰宛如上帝现身的西奈山[1]。我之前从未留意到岩石和云朵在形状、色彩和质地上竟然如此和谐，它们将大地和天空融成一体，仿佛拥有旺盛的生命力。它们的每一个造型、每一种色彩都能打动人心，点燃狂野的激情，让我们放声大喊、尽情狂欢，把这场神迹当作我们自己的演出。此情此景下，我们越发感到自己是这自然荒野的一部分，身边万物都是我们的同类。今天我的大部分时间都在峡谷北缘的悬崖上，居高临下看着瑰丽的红云将它的华光洒满整个盆地、山间的岩石和树木，甚至我身边的小型高山植物都在它的笼罩下屏息沉思，沉浸在云彩缔造的辉煌新世界中。

---

1. 西奈山：Sinai，位于埃及西奈半岛南部，《圣经》中上帝在此向摩西显灵，并亲授"十诫"。

往深处走，往高处走，在以为没有植物可以生存的绝境，我总能惊讶地看到团团簇簇的野花和蕨类。这一带是莫诺通道的起点，是达纳峰的山巅，是最荒凉、最险峻的地方，但也是那些最美、最柔弱也最热情奔放的植物居民的家园。每次流连在这些迷人的植物中，我总要一遍遍地问：你们怎么来到这儿的？你们又是怎么过冬的？它们回答：我们的根深扎在留存着夏日温暖的岩缝间，潜藏在冬日松软的雪被下，来躲过严酷的冰霜，我们会在黑暗中一睡半年，做一个关于春天的梦。

进山以来，我一直都在寻找岩须，据说它是欧石南类植物中最美也最受推崇的一个品种，可奇怪的是，至今未曾看到它们的身影。漫游在高山上时，我嘴里总在嘀咕着"岩须、岩须……"，套用加尔文主义的理论来解释，这个名字已经附上我的身，即使无论走到哪里都有各种奇花异木前来迎接，我还是会对它念念不忘。岩须仿佛成了所有小型高山石南中至高无上的存在，而它似乎也深知自己的身份，一直对我避而不见。我得尽快找到它，这是今年最后的机会了。

9月4日

广袤的天穹清透无比，只有印第安之夏的柔光弥漫。松树、铁杉和银冷杉的球果几近成熟，从早到晚都在往下掉，松鼠们采摘、搬运忙个不停。几乎所有植物的种子都熟了，它们的夏季任务已经完成。夏日出生的雏鸟和幼鹿很快就能在冬季到来前跟随父母迁到山麓和平原地区，再往后山间将迎来漫天飞雪。

9月5日

天空晴朗无云，气候凉爽，静谧而明媚，仿佛从此都是风平浪静，不再会有巨变发生。今天为北图奥勒米教堂画了张素描。日落时的晚霞绚烂至极。

9月6日

还是万里无云的一天，紫红色的清晨和日暮，中午则是大段宁静悠远的晴朗时光。日出后天气暖和起来，没有风。这样和暖的天气让人不禁想看看大自然到底在酝酿什么。此时寂静、压抑而又有些朦胧的天气很像真正的印第安之夏。晕黄的气氛虽然淡薄，但和东部地区的印第安之夏显然有着同样的特征。口鼻间充盈着的那种独特的模糊而醇厚的气息也许部分来自空中数不清的成熟孢子。

德拉尼先生几次三番谈论起离开高山地区的紧迫性，还讲了好些目前这种好天气突然变成暴风雪、羊群全被冻死的悲惨故事。他说："这个月中旬以后，我无论如何也绝不会留在这么高、这么偏僻的山区里，不管天气多暖和，太阳多大。"他打算先赶着羊慢慢走，一天走几公里，直至穿过约塞米蒂溪盆地为止，如果天气有变，就可以借厚重的松林庇护，赶紧撤回山麓，那里的降雪不会太深，不至于把羊给埋了。我自然想在所剩无几的时日里尽量多看几眼山野，尽管对这个食物充足、精神振奋的夏季感激不尽，可我还是要说——希望有朝一日可以带上足够的路粮，远离肆意践踏的羊群，在山里想待多久就待多久。反正我们无从知晓自己要去向何处，也不知道是谁来引导我们前行，是人还是风暴？是守护天使还是绵羊？也许每个人都曾在不知不觉中受到过自然的指引。荒野中满是机巧和谋划，吸引并驱使我们去追随神的光芒。

我忙着计划行程和烘焙面包，希望至少还能在群峰间进行一次野外考察，没有什么比这样的期待更令我心潮澎湃了，即使是发财成名的白日梦也不能唤起如此激情。

9月7日

天刚刚破晓，我就从营地出发，径直走向大教堂峰，希望能站在那里眺望东面和南面的风光，看看孕育了图奥勒米河、默塞德河和圣华金河的那些山峰和山梁。我穿过松林往下走，跨过图奥勒米河和它的草甸，再沿着图奥勒米盆地南界树木繁茂的山坡向上攀登。在大教堂峰东侧行走一段后，再折向上就可以到达它最高的一座尖顶。我是正午时到的，一路走走停停，不时驻足研究身边的各种树木。扭叶松、银叶五针松、白皮五针松、银冷杉和常绿树种中最优雅迷人的铁杉。地势高而凉爽、花期较晚的草甸，小湖、雪崩道以及森林上方巨大的冰碛石滩也让我耽搁了不少时间。

从大草甸到大教堂峰底部的地面上都覆盖着冰碛物，整个图奥勒米盆地一定曾经被大冰川的左侧冰碛完全填满。再往高处走，还可以看到几条冰川消退时形成的终碛成直角挤在图奥勒米主冰川壮观的侧壁下。这是一个研究山体刻蚀作用和土壤形成过程的好地方。大教堂峰的尖顶上景观迷人，无论往哪个方向看都可以发现残留的有趣遗迹。我的眼前排列着无数座高峰、山脊和圆顶山以及草甸、湖泊和树林。森林呈一道宽阔的弧线蔓延开来，显然是冰川带来了土壤供树木生长；在几座最高的山峰侧面，稀疏的矮化植物紧贴在看似没有一把土的岩石裂缝间。我发现大教堂顶上那一丛类似欧石南的深色植物原来是被积雪压矮的白皮五针松，个头只有1米左右，看上去非常苍老。许多树上结满了球果，引来吵闹的克拉克星鸦，它们类似啄木鸟的长喙可以将松子从球果里掏出来。峰顶下方还有大量野花盛开，即使在峰顶的矮松间也开得颇为灿烂，其中尤以一种开黄花的木质苞蓼和一种漂亮的紫菀为多。大教堂峰的山体接近方形，顶部的斜坡规整对称，令人称奇。山脊走向为东北——西南方向，显然取决于花岗岩的内部排列构造。东北侧的山壁规模宏大，质朴大方，底部有大片积雪，在山体阴影的保护下终年不化。教堂前尖塔状的山峰林立，其中有座高耸的锥顶山峰就像一件形状奇特的工艺品。在这里可以看出山体内部的岩石排列构造对山体的形状、尺寸以及外观有着重要影响。大教堂的海拔高度据称为3353米，矗立在山脊之上的教堂岩本身高约457米。距离它西侧1.6公里左右的地方有一口迷人的湖泊，湖岸上被冰川打磨过的花岗岩亮得晃眼，石头和水面都反射着耀眼的光芒，有些地方甚至在视觉上混为一片，让人难以辨认两者间的分界。站在尖塔林间可以清晰地眺望这口湖和它银白色的湖盆，还有星星点点的草甸和树林；也看得到特纳亚湖、栖云山（Cloud's Rest）、约塞米蒂的南圆顶、斯塔尔金山（Mt. Starr King）、霍夫曼山、默塞德河流域群峰，甚至沿着内华达山脉主轴向南北延伸的无数被白雪覆盖的高峰也尽收眼底。然而，眼前气势磅礴的风景中，却没有一个能比大教堂峰本身更神奇，它就像一座用于展示大自然的鬼斧神工，并用岩石布道的神殿。我曾站在许多个山顶眺望它，在一次次短途考察中透过山间的豁口仰望它，虔诚地惊叹、赞美、向往着它。可以说，这是我在加州走进的第一座教堂，我跟随自然的引导来到这里，它的每一扇门都对这个可怜而孤独的崇拜者慷慨敞开。在我们的黄金时代，一切都可以转化为信仰，整个世界就像一座教堂，而山正是它的圣坛。看，绽放在大教堂前的，正是那被神祝福的岩须花！它正在摇响千万只温柔悦耳的铃铛，那是我听过的最甜美动人的圣咏。

我一直在倾听这美妙的声响，一直无法自拔地欣赏目之所及的美景，直至黄昏将近才逼着自己赶紧踏上归途。往东穿过一座座崎岖、尖锐、破碎的塔状尖峰，每一座都有着和大教堂一样的花岗岩质地，长石、石英、角闪石、云母和电气石晶体在里面闪闪发光。路很难走，我匍匐着爬过一座冰雪覆盖的巨大悬崖，地势愈发陡峭，到最后几乎无法通行。我还一度在一个极其险峻的地方滑倒，还好在一条咧着嘴的冰沟边缘，我把脚跟狠狠钉进了融化的冰雪里止住了滑坠。

今晚的营地选在一口小湖和几丛苍劲的矮松旁，我坐在火堆边撰写笔记，浅浅的湖水倒映着无尽的星空，仿佛深不见底。火光映出周围的岩石和树木、矮小的灌丛和雏菊、莎草，它们仿佛满怀思绪，马上就要大声倾诉这一生观看过的所有荒野故事。这真是一次奇妙而精彩的会议，每一位与会者似乎都有不凡的经历可以分享。火光之外是肃穆的黑暗，涓涓细流一路唱着歌从冰雪中淌出，向着河流而去，它们的合唱是多么动人！只要想想，每一条大的溪流都汇集了千万条如此欢乐的小溪，就不会惊讶于这些来自大山的河流奔向大海时的一路欢歌了。

日落时，一群暗灰色的麻雀掠过大雪原的上方，飞往悬崖裂缝中栖息，它们是多么可爱的小登山家！在距离雪线大约2.4~3米以内的地方，我还发现了一株开花的莎草。根据地面状况判断，它见到阳光的时间不会长于一周，再过一个月左右，可能又要被新雪掩埋，所以它的冬季差不多长达十个月，春、夏、秋三季则被压缩进两个月中匆匆而过。独自一人坐在这里真是一件乐事！陪伴我的有大教堂峰和无数朵岩须花，有它们周围的千山万壑，有这处位于树林之上、灰色峭壁之间的营地，还有这里的群星、溪水和积雪。

9月8日

一天都在图奥勒米河和默塞德河的最高源头周围的山峰上攀爬，手脚并用，不时滑倒。我登上了三座最为雄伟的山，但并不清楚它们的名字，一路穿越而过的溪流和巨大的积雪层也不计其数。同样数不清的还有散落在台地和峰顶周围的湖泊，它们在峡谷中组成了一条珠链，把它们穿起来的则是潺潺溪流。这是一片极其荒凉灰暗的野性之地，满是破碎的峭壁、山岭和巅峰，几朵白云在中间悠然飘过，仿佛在看自己可以做些什么。乍一看来，广袤的四野如同一片阴冷而死气沉沉的采石场，可就在无数个角落里却有着精巧的花丛，最娇媚的花朵在欢庆它们的生命。我今日攀爬的路程大约是平日里的三到四倍，但直至日落前，我的四肢都始终充满活力。黄昏时分，我下到位于莱尔山脚下的上图奥勒米峡谷，距离营地还有十几公里。我摸黑往上走，穿过松林，绕过苏打泉圆顶，地上躺着许多倒伏的圆木，等到发现新事物的所有兴奋劲儿都过去后，我终于累了。回到大本营已是夜里9点，我很快就倒头睡死过去。

第十一章

归途

Back To
The Lowlands

9月9日

睡过一夜，疲惫一扫而空，我又开始急切地期待起下一次游历，渴望着在昨日那片神奇的荒野里待上一两个月。可现在，我必须掉头下山去了，只有在心中祈求上天能恩赐我再次回到这里的奇迹。

通过这几次山地考察，我清晰地看到普通山体经过大自然刻蚀后的岩峰形态与内部岩石的排列接缝有着莫大关系。冰川剥蚀的过程大刀阔斧，但最后的结果却有着一种精妙的平衡美。简单说来，这些原始景观中每种元素之间的联系，就如同人脸上的五官一般和谐生动。即使被覆盖掩藏在岩石和积雪之下，它们依然流露出人性，充满了动人心魄的精神力量和超凡思想。

德拉尼先生几乎没时间过问我在旅程中的感受，可他整个夏天都在帮助和鼓励我，还断言我终有一天会出名。对我这样一个整日游荡的野外爱好者而言，这真是一个善意的揣测，可我从未想过，也从未做过出名的梦，心中的愿望只有谦卑地追随、学习和沉浸在大自然的启示中。

营地里的所有物件都打好包驮上马，羊群也已经向着家乡的牧场而去。我们出发了，穿过松林下山，离开这片我们驻扎已久的可爱草甸，不知道是否还有再见之日。这里的草皮坚韧密实，几乎没受到羊群践踏的影响。幸亏它们对冰蚀草甸上的细草不感兴趣。天气晴朗，看不见一丝云，也没有风。我不禁好奇，在同样的海拔约 2743 米的高度，世上是否还会有另一处这样美好的所在？这里的气候如此稳定，无论走到哪里都宁静、明亮而舒适，令人安心。我们离开是因为担心灾难性的暴雪来临，可我实在是很难相信这里的天气会产生剧烈的变化。

河流的水位很低，可赶羊过河还是相当困难。每只羊似乎都横下一条心，宁死也要保持全身干燥，决不愿沾湿一只脚趾。卡洛的牧羊经验已经可以媲美最优秀的牧羊人，看它变着花样连推带吓地把那些傻乎乎的动物弄下水真是特别有趣。它让羊群挤成一团紧贴在水岸边，等终于有一只退无可退跃下水后，整个羊群会突然一齐冒冒失失地跳下去，把河流当作唯一的心之所向。说真的，如果不是为了赢利，养羊还不如养狼。一旦爬上对岸，它们又开始若无其事地咩咩叫着吃起草来。我们穿过草甸，沿着峡谷南缘缓缓上行，再次穿过我去大教堂峰时的那座树林，最后在一个位于大型侧冰碛顶的池塘边扎营过夜。

9月10日

大清早醒来，两千多只羊踪影全无。根据脚印判断，它们已经跑散了，大概是有熊来过。于是我们花了几个小时把它们全都找齐，重新赶成一队。途中我见到一头鹿，它和周围的风景一起构成了一幅漂亮的图画，跟这些又蠢又脏、毛发蓬乱的羊比起来，它的一举一动都优雅而完美。

　　站在附近的高岗上眺望北方，视野十分开阔，圆顶山和松林遍布的山梁犹如波澜壮阔的海面，周围直刺天空的尖峰林立，看似灰白荒凉，却是众多美丽生命生长的家园。又是平静无云的一天，早晚都能看到紫色的天空。最近两三个星期以来，夜空里出现了一种相当引人注目的光，也许就是所谓的"黄道光"。[1]

9月11日

　　无云，轻霜，平静。我们继续向山脚行进，在特纳亚湖西端的草甸上扎营。这真是个迷人的去处，湖面平滑如镜，长达数公里长的冰川石滩和险峻的山壁倒映在水中。紫菀还在开花。这里海拔约2438米，大概是矮化状态的峡谷栎生长的上限，它们已经比加州黑栎爬得要高上600多米了。这是一个愉快的夜晚，黑暗中湖面的倒影令人难忘。

9月12日

　　今天依旧无云，天地间溢满纯净的金色阳光。我们又回到了宏伟的银冷杉林中，这里距离约塞米蒂边缘约3.2公里，也就是已经成为谈资的葡萄牙人遇熊的营地。附近金杯栎、熊果和美洲茶林繁茂，但在图奥勒米草甸上却看不见它们的踪影，尽管那儿的海拔高不了多

---

1. 黄道光：zodiacal light，位于地球上低纬度和中纬度地带的人于春季黄昏后在西方地平线上或于秋季黎明前在东方地平线上所见到的淡弱的三角形光锥。成因主要是行星际尘埃对太阳光的散射。

少。扭叶松尽管在图奥勒米草甸一带更为多见，但在这儿的溪水旁和沼泽草甸上，它们长得最为高大。宏伟的银冷杉占据了每一块肥沃的干燥土地，它们在这里能长到极限，并且形成一条清晰的林带。多么华丽的树啊，今晚我要用它的枝条铺一张舒适的床。

9月13日

今天的营地在约塞米蒂溪附近，位于我们上山时的旧营地旁的一块沙地上。这里的植被已经开始枯黄，溪水也近乎干涸。水岸边纤长的扭叶松有着我所见过的最俊俏的身姿，第一眼看去很容易误以为是一个新的品种，但它其实只是扭叶松的一个变种，也叫岭黑松，是因为脚下的土壤肥沃且生长过于密集和迅速而促成的变种。西黄松也有变种，可能差异还要更大。它们出没于这里以及往上约300米的碎石堆中，枝条覆盖广阔，略微发红的树皮裂纹紧凑，球果硕大，松针修长。这是一种极其顽强的松树，生命力旺盛。它们粗长的松针汇聚成束，在阳光下泛着银光。山风拂过，所有枝叶都向着同一个方向舞动，成为内华达山脉的浩瀚林海最为壮观的一幕。西黄松的这个变种被看作是一个独立的种，有的植物学家称之为香黄松。闻名遐迩的约塞米蒂溪盆地岩石嶙峋，极其崎岖，就像人们用鹅卵石拼出的街道一般，大自然用圆顶山铺就了约塞米蒂溪谷底。不知我是否能有机会亲自去谷中探索，我对它是如此向往，为了亲耳聆听它的教诲可以做出任何牺牲。不过我还是要感谢这次能有幸一瞥它的风采。群山的魅力超越了一切常理，不可解释，难以捉摸，一如我们的人生。

9月14日

今天我几乎整日都在宏伟的冷杉林中行走。杉树顶部的枝条缀满了笔直的灰色球果，分泌出的纯净香脂如露珠般熠熠生辉。松鼠采起球果来利索而高效，只听得"扑扑"声不绝于耳，转眼就积起一堆，被它们运走储藏起来作为过冬的粮食。被勤劳的收割者遗漏的那些球果则会在完全成熟后掉下鳞片和苞片，放出带着紫色翅膀的种子，成群结队地在空中飞舞、嬉戏，去寻找自己命运的所在。主林带里几乎每一棵树的树干和枯死的枝条上都长着斑驳的黄色地衣，分外显眼。

我们在小瀑布溪旁扎营过夜，这里距离莫诺小道不远了。熊果的莓子也变成熟透后的玫红。今天天空的云量大约在百分之十，日落后的余晖光线炽烈，透过树干的间隙可以看见天际燃烧着紫红和绯红色的熊熊霞光。

9月15日

今日阳光普照，云量约占天空的百分之五，只在地平线附近飘着些许雪白的云片或云丝。我们才走了三四公里就在落叶松平原扎营休息了。漫步在环绕草甸的松林，我发现了几棵极其伟岸的银冷杉，最高的一棵高达73米，树干直径约1.5米，地面到分枝的高度为1.2米。

9月16日

今天我们在宏伟的森林中缓慢前行了七八公里后到达飞鹤平原并在这里扎营过夜。夏季时令人倾心赞叹的森林此刻更美了，略带朦胧的秋日之光让它们更显庄严。迷人的夜空中星光闪烁，高耸的尖塔状树顶在明亮的星空映衬下显得漆黑庄重。我一直在火堆旁徘徊，不舍得去睡。

9月17日

清早就拔营出发。在堂·吉诃德的指引下，我们越过图奥勒米分水岭后再往下走几公里，找到了一片慕名已久的北美红杉林。树林的占地面积大约不到 600 亩，有些树非常壮观，形同高大而古老的巨人，糖松和花旗松簇拥在旁。那些免受山火和风暴摧残的红杉树树形完美，罕见的规整和匀称。但这样的树并不常见，更多的还是形态各异的个体在一起组成一片和谐悦目的树林。北美红杉挺拔的树干上包覆着紫褐色的长条树皮，从地面往上，高达 46 米的树干上光洁无枝，不过偶有一簇簇叶片点缀在上面。老树的主要分枝非常粗大，苍劲虬曲，倔强地往外伸展，看似任性，却在长到一定高度后突然止住，分化成稠密蓬松的细枝，从而塑造出它们变化多样却仍算得上规整的轮廓——浓密的枝叶朝各个方向蓬起构成壮观的圆柱形树冠，它们映在天空上的高大身影高耸在由松树、冷杉和云杉组成的苍苍林海之上，即使离得很远也可以一眼认出。它们是针叶树之王，不仅因为体量庞大，也因为具有威严崇高的风范和姿态。我发现一截焦黑的树桩，直径约 9 米，高约 24~27 米，庄严古老，像一尊令人尊敬的纪念碑。盛年时，它也许是统治这片树林的君王。树桩四周的地面上到处都有小苗和幼树成长，生机勃勃，满怀希冀，预示着这个树种的长盛不衰。任何天气突变都对它无可奈何，能够威胁到这些最高贵的神树生存的，只有山火。遗憾的是，我没法去清点那座古老纪念碑上的年轮。

今夜的营地位于榛树绿地，就在分水岭背后的一块宽阔平地上，距离我们春天上山时的老营址不远。这里的山脊上生长着我此次夏日之旅中所见的最美的松林，还有最美的熊果和美洲茶林。

9月18日

沿着分水岭南侧的漫长坡道下山来到布朗平原，我们已经离开了高山区域繁盛壮观的森林带，但糖松在这里仍然生长繁茂。此外，还有西黄松、甜柏和花旗松，它们共同构成了全世界最美丽曼妙的森林。印第安人还在这儿，他们关切地告诫我们远离平原上的一片古老花园。也许他们的族人葬在那儿。

9月19日

今晚我们在史密斯磨坊（Smith's Mill）扎营，就在上山路过的第一级宽阔平台之上。这里的松树依然相当高大，可以伐作良材。麦子、苹果、桃子、葡萄硕果累累，主人拿出葡萄酒和苹果招待我们。我不喜欢这种酒，可德拉尼先生、印第安赶羊人和牧羊人却如饮琼浆。比起刚从天堂流出的气泡汩汩的山间清泉来，这酒显得沉闷、浑浊而乏味。可那些苹果实在是太好吃了，它们是果中之王，不仅是人间的美味，也会受到神的青睐。

从布朗平原下山的路上，我们又到鲍尔洞稍做逗留，我在里面待了一个小时。这是大自然的地下宫殿中最新奇有趣的一个。充足的阳光穿过洞口四棵橄树的枝叶洒进洞里，照亮了它内部清澈宁静的池塘和一个个大理石隔间。多么迷人的地方，美得叫人沉醉，可洞穴里的石壁上竟涂满了破坏者的姓名，凡是手臂够得着的地方都未能幸免。

9月20日

晴朗、平静如昔，但炎热异常。我们已经到达山麓，除了灰色的鬼松外其他所有针叶树都被我们留在了身后。我们在荷兰男孩牧场（Dutch Boy's Ranch）扎营，附近广阔的大麦田已经收割完毕，只留下落满灰尘的麦茬。

9月21日

天气热得可怕，灰尘漫天，阳光灼人。除了多刺的细枝和灌木丛，羊群几乎吃不到别的叶片。没必要在这里耽搁太久，所以我们一路长驱，在日落前回到了德拉尼先生位于黄色的圣华金平原上的牧场。

9月22日

早上，绵羊被一个挨一个放出畜栏接受清点。奇怪的是，经历了在杂乱的岩石、灌丛和溪流间的长途跋涉，一路险象环生，被熊吓得四散逃生，还因为吃加州杜鹃、山月桂和碱中过毒，最后每一只羊的下落竟然都能交代清楚。春天时，2050只瘦弱的羊离开畜栏，现在共有2025只肥壮的羊顺利归来。损失清单如下：被熊杀死10只，被响尾蛇咬死1只，1只因为在石坡上摔断了腿不得不杀掉，1只因为突发情况落单慌不择路跑丢，以上一共13只。另外12只是命中注定回不来的，3只卖给了农场主，9只成了我们在营地的盘中餐。

我在内华达山脉的首次旅行在此告终，在这次令人毕生难忘的旅途中，我翻越了上帝的造物中最光明、最纯美、最精华的内蕴所在 —— 光之山脉，我沐浴在它的荣光中欣喜不已。如今，我只能欣然地、感激地、满怀憧憬地祈求能够再见到它。

The End

—— 全文终 ——

译名对照表

A

Abies concolor 白冷杉，又叫科罗拉多冷杉Colorado fir

abronia 沙马鞭

Adenostoma Fascivulata 柏枝梅

Adiantum Chilense 智利铁线蕨

Agrostis 剪股颖属

arborvit 北美香柏，学名：*American arborvitae*

Arctostaphylos 熊果属

Arctostaphylos pungen 尖叶熊果

aspidium 耳蕨

Azalea occidentalis 加州杜鹃杜鹃

albicaulis pine 白皮五针松

allosorus 漠米蕨

arctic daisy 北极菊，学名：*Chrysanthemum arcticum*

artemisia 蒿草

aster 紫菀

B

baccharis 酒神菊，酒神菊属

balsam 香树脂

blazing star 耀星花

beaked hazel 加州榛，学名：*Corylus rostrata,* var. *California*

bigelowia 无舌黄花

Blackfruit Cornel 黑果茱萸，学名：*Cornus sessilis*

blue oak 蓝栎，学名：*Quercus douglasii*

brier rose 野蔷薇

broad-leaved maple 俄勒冈槭

brodia 紫灯韭，学名：*Brodiaea califorinica*

Bryanthus 线香石南

buffalo berry 水牛果，学名：*Shepherdia argentea*

bush poppy 罂粟木，学名：*Dendromecon rigida*

C

Calamagrostis 拂子茅属

California black oak 加州黑栎，学名：*Quercus Californicus*

Calochortus albus 仙灯百合

Chamaebatia foliolosa 蒿叶梅

Ceanothus 美洲茶

Carex 薹草属

cassiope 岩须，岩须属

castilleja 火焰草属

California Red Fir 红冷杉，学名：*Abies magnifica*

ceanothus 美洲茶，鼠李科

Ceanothus cordulatu 山地美洲茶，又称whitethorn ceanothus或
mountain whitethorn

cheilanthes 旱米蕨

Clarke crow 克拉克星鸦，学名：*Nucifraga columbiana*

clematis 铁线莲

coreopsis 金鸡菊

clarkia 仙女扇

cottonwood 黑杨

columbine 耧斗菜

common pteris 蕨菜

cowania 崖羚梅，学名：*Cliffrose*

cypripedium 杓兰，杓兰属

D

daffodil 黄水仙

dogwood 狗木

Douglas spruce 花旗松，学名：*Pseudotsuga douglasii*

dwarf oak 越橘叶栎，学名：*Quercus chrysolepis, var. vaccinifolia*

E

elymus 披碱草，又称野黑麦

epilobium 柳兰

erethrea 红色百金花

erigeron 飞蓬属

eriogonum 苞蓼

eunanus 紫猴花

J

Juniper 西美圆柏，学名*Juniperus occidentalis*

H

harebell 蓝铃花

heather 欧石南

heathwort 欧石南类

hemlock 长果铁杉，mountain hemlock，学名*Tsuga mertensiana*

I

iris 鸢尾

incense cedar 北美翠柏，学名*Libocedrus decurrens*

ivesia 鼠莓，全称Ivesia shockleyi，又名sky mousetail，书中取俗称意译

lupine 羽扇豆

G

gallfly 五倍子蜂，也称瘿蜂

gentian 龙胆属，学名 *Gentiana*

geranium 老鹳草

giant saxifrage 雨伞草

gilia 吉莉草属

gold-cup oak 金杯栎，又名 Canyon live oak；学名 *Quercus chrysolepis*

golden-rod 一枝黄花，学名 *Solidago decurrens Lour.*

gymnogramme 红毛裸蕨

K

kalmia 山月桂

L

larkspur 翠雀

liliaceous 百合科

linosyris 麻菀属

live oak 金杯栎

lonicera 忍冬属

long-leaf pine 长叶松

lupine 羽扇豆

libocedrus 翠柏

Libocedrus decurrens 北美翠柏

Lilium pardalinum 豹纹百合

Lilium parvum 高山百合

liverworts 苔类

leersia 假稻

M

manzanita 熊果属植物

manzanita berries 熊果

maple 槭树

Mariposa tulips 蝶百合，学名*Calochortus Cupido*

mentzelia 耀星花，刺莲花科植物英文俗称blazing star

mimulus 沟酸浆

mountain laurel 山月桂，学名*Kalmia latifolia*

monardella 狼薄荷

mosses 藓类

mountain pine 银叶五针松，又名Western White Pine，学名*Pinus monticola*

Murrayana 岭黑松，又名lodgepole pine，学名*Pinus murrayana*

milkweed 马利筋

N

Nuttall's flowering dogwood 太平洋狗木，又名Pacific dogwood，山茱萸属；学名*Cornus nuttallii*

O

orthocarpu 鹰钩草

oxytheca 芒苞蓼，又名round-leaf puncturebract

P

parnassia 梅花草

pedicularis 马先蒿

pellaea 峭壁蕨

pentstemon 钓钟柳

phlox 福禄考，又称小天蓝绣球，学名*Phlox subulata L.*

Pinus contorta 扭叶松，又称美国黑松

Pinus Jeffreyi 香黄松

Pinus monophyla 单叶果松

Pinus ponderosa 西西黄松

poison oak /poison ivy太平洋毒栎，学名*Rhus diversiloba*

potentilla 委陵菜属

Primula suffrutescens 亚灌木报春

Q

Quercus Californica 加州黑栎

R

Ribes 茶藨子属

rhododendrons 高山杜鹃类

S

sage brush 蒿灌丛

Saxifraga peltata 雨伞草

Sabine pine 鬼松，学名*Pinus Sabiniana*；原产加利福尼亚

Sedge 莎草

Sequoiadendron giganteum 巨杉

sequoias 红杉

Sierra juniper 西美圆柏，学名*Juniperus occidentalis*

silver fir 银冷杉

solidago 一枝黄花

spruce 云杉

sugar pine 糖松，学名*Pinus lambertiana*

sunflower 向日葵

spraguea 伞石薇

T

tamarack 北美落叶松

thistle 蓟

triticum 小麦属

twining lily 红蛇韭，又称twining snake lily，学名*Stropholirion Californicum*，此处根据英文俗称意译

two-leaved pine 扭叶松，学名*Pinus contorta*

V

vaccinium 越橘

veratrum 藜芦

Veratrum Californicum 加州藜芦

W

Washington lily 华盛顿百合，学名*Lilium washingtonianum*

white spiraea 白色绣线菊

woodsia 岩蕨

woodwardia 狗脊蕨

Y

yarrow 蓍草

yellow pine 西黄松

Z

zauschneria 朱巧花，又名Epilobium canum；学名*Epilobium canum*

rattlesnake 响尾蛇

Magpy 喜鹊

Coon 浣熊

Coyote 土狼

cottontail rabbit 棉尾兔

blacktailed deer 黑尾鹿

bluebottle 青蝇

Bullock's oriole 巴洛克黄鹂

bumblebee 大黄蜂

chipmunk 花栗鼠

Douglas squirrel 道氏红松鼠

grasshopper 蚱蜢

grouse 松鸡

little chief hare 小首兔，即北美鼠兔

Louisiana tanager 路易斯安那裸鼻雀

mole 鼹鼠

mountain quail 刀翎鹑，学名*Oreortyx ricta*

neotoma 林鼠

ouzel 乌鸫

panther 美洲豹

partridge 山鹑

pika 鼠兔

prairie chicken 草原松鸡

rattle-snake 响尾蛇

robin 美洲鸫

sage hen 榛鸡

sage rabbit 草原兔，学名*lepus nuttalli*

song sparrow 歌带鹀

tamias 花栗鼠属

thrushy 嗓鹏

water ouzel 美洲河乌，又称American dipper，学名*Cinclus mexicanus*

woodchuck 土拨鼠，学名*Arctomys monax*

woodpecker 啄木鸟

wren 鹪鹩

※矿物※

Feldspar 长石

Hornblende 角闪石

Mica 云母

Quartz 石英

Tourmaline 电气石

※地名※

Merced 默塞德河

Tuolumne 图奥勒米河

Yosemite 约塞米蒂

Coulterville 科尔特维尔

Pino Blanco 皮诺布兰科峰

Merced Valley 默塞德谷

Horse shoe Bend 马蹄湾

Greeley Mill 格里利工厂

Pilot Peak 派勒特峰

Brown's Flat 布朗平台

Bower Cave 鲍尔洞

Savannah 佐治亚州萨凡纳

Bonaventure 圣文德

Hazel Green 榛树绿地

Yosemite River 约塞米蒂河

Mariposa 马里波萨

Tamarack Flat 黑松平原

Tamarack Creek 黑松溪

Mono Trail 莫诺小道

Cascade Creek 卡塞德溪、小瀑布溪

Bloody Cañon Pass 布拉迪谷

Mono Lake 莫诺湖

Coast Range 海岸山脉

Mississippi River 密西西比河

Indian Cañon 印第安峡

great Tissiack 提斯雅克山

Porcupine Creek 豪猪溪

Cathedral Peak 大教堂峰

Tenaya Creek 特纳亚溪

Lake Hoffman 霍夫曼湖

Pywiack 匹维亚克湖

Nevada Caño 内达华谷

Rutland, Vermont 佛蒙特州的拉特兰

Liberty Cap 自由帽

Madison 麦迪逊，美国威斯康辛州州府

Hawaiian Islands 夏威夷群岛

Omaha 奥马哈

Emerald Pool 翡翠池

Illilouette 伊利路特溪

Mt. Lyell 莱尔山

Mts. Dana 达纳山

Unicorn Peak 独角兽峰

Soda Springs 苏打泉

Mt. Conness 康内斯山

Bloody Cañon 布拉迪峡、血峡

Mammoth Mountain 猛犸象山

Florida 佛罗里达

Hetch-Hetchy Valley 赫奇赫查谷

San Joaquin plains 圣华金平原

Sinai 西奈山

Mt. Starr King 斯塔尔金山

Cloud's Rest 栖云山

*特别鸣谢：上海辰山植物园高级工程师　刘夙博士

约翰·缪尔

John Muir（1838.4.21—1914.12.24 ）

缪尔以美国西部的群山峻岭为写作背景，引导人们用一种全新的视角来看待自然.他以灵动的文字记录自己在山间度过的每一寸时光，让人们认识到那一片片被过度放牧的草甸是值得我们崇尚与珍惜的宝地。凭借一次旅程触发的机缘，缪尔带领美国总统罗斯福体验了真正的山居生活，并以一己之力说服国会建立美国国家自然保护公园，《夏日走过山间》就是他的初心。然而，与其说这是缪尔走在山间的观察日记，倒不如说，这是自然借缪尔的笔写下的诗行。

代表作：

《夏日走过山间》
My First Summer in the Sierra（ *1869*）

《加州的群山》
The Mountains of California（ *1894*）

《我们的国家公园》
Our National Parks（ *1901*）

夏日走过山间

作者 _ [美] 约翰·缪尔　　译者 _ 刘颖

编辑 _ 罗李彤　　装帧设计 _MAKIII　　主管 _ 李佳婕　　技术编辑 _ 白咏明
责任印制 _ 刘淼　　出品人 _ 许文婷

营销团队 _ 王维思　　物料设计 _ 朱君君

鸣谢 (排名不分先后)

张馨予

果麦

www.goldmye.com

以 微 小 的 力 量 推 动 文 明

图书在版编目（CIP）数据

夏日走过山间 /（美）约翰·缪尔著；刘颖译.
-- 天津：天津人民出版社，2018.4（2025.7重印）
ISBN 978-7-201-13017-0

Ⅰ.①夏… Ⅱ.①约… ②刘… Ⅲ.①散文集 – 美国
– 近代 Ⅳ.①I712.64

中国版本图书馆CIP数据核字(2018)第050170号

夏日走过山间

XIARI ZOUGUO SHANJIAN

出　　版	天津人民出版社	
出 版 人	刘锦泉	
地　　址	天津市和平区西康路35号康岳大厦	
邮政编码	300051	
邮购电话	022-23332469	
电子信箱	reader@tjrmcbs.com	

责任编辑	康悦怡
特约编辑	罗李彤
装帧设计	MAKIII
内文插画	zoe.zh

制版印刷	北京盛通印刷股份有限公司
经　　销	新华书店
发　　行	果麦文化传媒股份有限公司
开　　本	880毫米×1230毫米　1/32
印　　张	7.5
印　　数	52,001-57,000
字　　数	180千字
版次印次	2018年4月第1版 2025年7月第10次印刷
定　　价	58.00元